Michael Weber
Fränkische Geschichten

FSC
www.fsc.org
MIX
Papier aus ver-
antwortungsvollen
Quellen
Paper from
responsible sources
FSC® C105338

Titel und Umschlag:
Esther Schmidt · Illustration & Grafikdesign
www.esther-schmidt.de

Bibliographische Information der
Deutschen Nationalbibliothek:
Die Deutsche Nationalbibliothek verzeichnet diese
Publikation in der Deutschen Nationalbibliografie;
detaillierte bibliografische Daten sind im Internet
über dnb.dnb.de abrufbar.

© 2020 Michael Weber
Herstellung und Verlag:
BoD — Books on Demand, Norderstedt

ISBN 9783751995450

Die Leidenschaft des Lehrers

Unser Dorf, das wisst ihr selbst, liegt ein bisschen abseits; die Landstraße führt nirgendwo wichtiges hin, und wenn sich je eine bedeutende Persönlichkeit hierher zu uns verirrt haben sollte, so hat nie jemand davon erfahren. Als ich ein Kind war, kamen wir nur wenig raus, im Frühjahr vielleicht einmal und einmal im Herbst, um auf den Markt zu gehen. Meine Vorfahren alle wurden hier im Dorf geboren und getauft, haben hier konfirmiert und später geheiratet und sind am Ende hier gestorben und begraben. Das Dorf war ihre ganze Welt, und ich sage euch, auch wenn ihr's vielleicht nicht glaubt: Obwohl es klein war und immer noch ist, so ist es doch groß genug, um eine ganze Welt zu sein.

Früher war das Dorf sogar noch kleiner als heute, und unsere Schule war geradezu winzig. In einem Klassenzimmer von der Größe einer mittleren Wohnstube wurden alle Kinder der Gemeinde von sechs bis dreizehn Jahren miteinander unterrichtet.

Unser Herr Lehrer hieß Ottmar Bach, und er war bereits als junger Mann zu uns gekommen, gleich nach dem Weltkrieg, der später zur besseren Unterscheidung „der Erste" genannt wurde. Ottmar Bach hatte in diesem Krieg an der Westfront gekämpft, und es war allgemein bekannt, dass er dort schreckliche Dinge erlebt und vor allem überlebt hatte. Daher genoss er den allerhöchsten Respekt in der Gemeinde: Jungen und Männer rissen sich, wenn sie ihm auf der Straße begegneten, ihre Mützen von den Köpfen, Mädchen und Frauen knicksten, und es gab im ganzen Dorf nur einen, der ihm an Ansehen und erwiesener Ehrfurcht gleichkam, und das war unser Herr Pfarrer.

Der Herr Lehrer war, das muss man sagen, ein ausgesprochen stattlicher Mann, hochgewachsen, kräftig gebaut, mit Händen so groß wie Schaufeln. So manchem Lausejungen, der sonst große Worte führte und nichts als dumme Streiche im Sinn hatte, fiel das Herz in die Hose, wenn eine dieser Hände sich auf seinen Kopf legte oder auch nur auf seine Schulter. Denn der Herr Lehrer, Ottmar Bach, war ein strenger Zuchtmeister, wenn es je einen gegeben hat. Hatte er einen jener Lausejungen — und gelegentlich auch ein Lausemädchen — einer

Missetat überführt, schickte er ihn oder sie zuerst einmal auf die Landstraße hinaus, um von den Haselnusssträuchern dort eine geeignete Rute zu schneiden. Das war, wie man sich denken kann, eine schwere Aufgabe, und so manches Kind sah man im Lauf der Jahre schluchzend vor den Haselnusssträuchern stehen. Wenn sie endlich ihre Rute geschnitten hatten, schlichen sie, gleichsam wie Christus auf dem Weg nach Golgatha, mit gesenkten Köpfen und hängenden Schultern ins Schulhaus zurück, wo Ottmar Bach mit der Pfeife im Mund hinter seinem Pult thronend auf sie wartete. Bei ihrem Eintreffen legte er die Pfeife beiseite, prüfte die Rute sorgfältig, zog sein Jackett aus, krempelte die Ärmel hoch und exekutierte die Strafe mit der Leidenschaft eines Scharfrichters aus Berufung.

Viele Jahre lang bewegte er sich dabei durchaus im Rahmen des üblichen, so dass niemand daran Anstoß nehmen konnte, aber als er älter wurde, nahm, na ja, seine Leidenschaft zu, so dass manche Kinder, Jungen vor allem, ein paar Tage lang nicht für die Feldarbeit zu gebrauchen waren. Aus diesem Grund sprach Karl Friedrich Uhl, der Vater des Karl Heinz Uhl, welcher allgemein als der größte Tunichtgut galt, den das Dorf je hervorgebracht hatte, bei unserem Herrn Bürgermeister, Hermann Tremel, vor.

Hermann Tremel saß gerade in seiner Küche in der Wanne, denn es war Samstag, und er wäre nicht geneigt gewesen, irgendjemanden zu empfangen. Dass seine Frau den Uhlen Schmied, wie Karl Friedrich Uhl aufgrund seines Berufes genannt wurde, dennoch zu ihm vorließ, lag daran, dass dieser ein etwas unheimlicher Geselle war, schwarz an den Händen, an den Unterarmen und sogar im Gesicht, dazu ebenso wortkarg wie schmallippig.

Als der Uhlen Schmied also die Küche betrat, erschrak der Herr Bürgermeister. „Was soll denn das?" rief er entrüstet aus. „Verschwinde, aber schnell!"

„Der Herr Lehrer hat meinen Sohn heute morgen schon wieder verdroschen", entgegnete der Uhlen Schmied unbeeindruckt, indem er sich einen Stuhl zurechtzog.

„Na und?" gab der Herr Bürgermeister zurück. „Jeder weiß, dass dein Sohn ein Hundskrüppel ist."

„Schon", gab der Uhlen Schmied zu. „Allerdings hat meine Frau ihm jetzt die Hände verbinden müssen, weil sie blutig sind, und darum kann er heute und die nächsten Tage nicht in der Werkstatt helfen oder auf dem Acker, weil doch kein Dreck in die Wunden kommen darf." Er machte eine kurze Pause.

Der Herr Bürgermeister verstand. „Warum gehst du nicht hin und sprichst mit dem Herrn Lehrer?" schlug er vor.

„Na ja", sagte der Uhlen Schmied und scharrte verlegen mit den Füßen.

Dem Herrn Bürgermeister fiel ein, dass der Uhlen Schmied in seiner Jugend selbst schon das eine oder andere Mal in den Genuss der Haselnussrute gekommen war; offenbar scheute er ein erneutes Zusammentreffen mit dem Herrn Lehrer. „Also gut", sagte er einlenkend. „Ich werde es für die nächste Gemeinderatssitzung auf die Tagesordnung setzen. Und jetzt raus hier!"

Zur Gemeinderatssitzung in der Wohnstube des Bürgermeisters versammelten sich im darauffolgenden Monat: Leonhard Weiß und Hans Knödel, beides Bauern, der Tischler Eberhard Krauß, der Schafzüchter Friedrich Rosenbauer und natürlich der Herr Bürgermeister selbst, Hermann Tremel, in seiner ganzen Pracht, denn er war ein starker Mann, wie man das nennt.

„Wir müssen", sagte der Herr Bürgermeister, „etwas unternehmen wegen des Herrn Lehrers, weil er in letzter Zeit die Kinder so sehr verhaut, dass sie in der Werkstatt oder im Stall oder auf dem Feld oder im Wald nicht helfen können. Es hat deswegen schon eine Reihe von Beschwerden gegeben, zuletzt von dem Uhlen Schmied." Die Gemeinderäte schienen lachen zu wollen, denn sie hatten schon von dem Besuch des Uhlen Schmieds beim Bürgermeister gehört, aber als der Bürgermeister ihnen einen strengen Blick zuwarf, husteten sie nur ein bisschen in ihre Hände. „Die Frage ist nur", fuhr der Bürgermeister fort, „was man da tun kann. Es handelt sich schließlich nicht um irgendjemanden, sondern um den Herrn Lehrer Bach, der, wie jeder weiß, ein Weltkriegsveteran ist und auch sonst eine, na ja, Respektsperson."

Die Gemeinderäte und der Bürgermeister warfen einander bedeutungsvolle Blicke zu. Bis auf Leonhard Weiß, dem Ältesten in der Runde, waren sie alle schon bei dem Herrn Lehrer in der Schule gewesen und von ihm verhauen worden; Leonhard Weiß aber hatte vor ein paar Jahren noch einen Nachzügler bekommen, einen etwas zarten Jungen, der gerade erst in der zweiten Klasse war. Kurz gesagt: Keiner der Gemeinderäte konnte sich auf Anhieb vorstellen, die Methoden des Herrn Lehrer in Frage zu stellen, jedenfalls nicht, wenn dieser zugegen war.

„Ich habe", sagte der Herr Bürgermeister, „mir schon etwas überlegt. Wir sind uns doch einig", sprach er, „dass ein Kind, wenn es über die Stränge schlägt, verhauen werden muss. Insofern kann man dem Herrn Lehrer keine Vorwürfe machen, nicht wahr?" Die Gemeinderäte wiegten die Köpfe. „Wenn", fuhr der Bürgermeister fort, „er sie mit der Haselnussrute schlägt, gibt es Striemen, mitunter sogar blutende Wunden. Wenn wir ihm aber ein Brett geben, mit dem er sie verhauen soll, dann gibt es lediglich blaue Flecken. Ich habe es dem Eb" - er meinte den anwesenden Gemeinderat Eberhard Krauß, seines Zeichens Schreiner - „bereits erklärt und ihn gebeten, sich ein paar Gedanken zu machen."

Eberhard Krauß, genannt der Schreiners Eb, zog ein fleckiges Stück Papier hervor, entfaltete es bedächtig und legte es auf den Tisch, wo er es sorgfältig glatt strich. Die Gemeinderäte rückten zusammen und beugten sich darüber. Mit Bleistift war darauf ein langes, schmales Brett mit großen Löchern darin gezeichnet; an einem Ende hatte das Brett einen Griff.

„Wozu sind die Löcher?" wollte der Rosenbauer wissen.

„Die Löcher", sagte der Schreiners Eb, „sollen den Luftwiderstand verringern, damit der Herr Lehrer, wenn er die Lumpen verhaut, sich nicht ganz so arg anstrengen muss."

Alles nickte beifällig; es war, wie man zugeben musste, eine beeindruckende Erfindung. Man klopfte dem Schreiners Eb auf die Schulter, gratulierte ihm zu seinem Einfallsreichtum und beschloss einstimmig, ein solches Werkzeug bei ihm in Auftrag zu geben.

Zur Übergabe der neuartigen Gerätschaft an den Herrn Lehrer Ottmar Bach versammelten sich in der Woche darauf die Gemeinderäte vollzählig vor dem Schulhaus. Alle waren sie frisch rasiert und hatten ihre Sonntagskleider angezogen. Der Schreiners Eb trug das fertige Brett unter dem Arm; er hatte es sorgfältig in braunes Papier eingeschlagen und mit einem Bindfaden verschnürt. Endlich schlug es zwölf Uhr, und die Kinder kamen herausgerannt. Nachdem sie noch einmal gegenseitig den Sitz ihrer Krawatten geprüft und sich ein paar aufmunternde Worte zugesprochen hatten, gingen die Gemeinderäte hinein. Sie fanden den Herrn Lehrer an seinem Pult sitzend, wo er soeben dabei war, sich seine Pfeife anzuzünden.

„Wir haben", sagte der Herr Bürgermeister, Hermann Tremel, „für Sie, Herr Lehrer, etwas, das wir Ihnen geben möchten." Er nickte dem Schreiners Eb zu, der dem Herrn Lehrer das Bündel mit leicht zitternden Händen übergab.

Der Herr Lehrer sah es verwundert an, wickelte es aus und betrachtete den Gegenstand darin mit noch größerer Verwunderung. „Was um alles in der Welt ist das?" fragte er, an den Herrn Bürgermeister gewandt.

Dem Herrn Bürgermeister trat sichtlich der Schweiß auf die Stirn. „Das, werter Herr Lehrer, ist ein Gerät, vom Schreiners Eb eigens für Sie ausgedacht, mit dem wir Sie in Zukunft die Hundskrüppel zu verhauen bitten." Der Herr Lehrer stand abrupt auf, und Hermann Tremel machte einen Satz nach hinten. „Weil", fuhr er mit brüchiger Stimme fort, „wenn Sie sie mit der Haselnussrute verhauen, bis sie bluten, können sie zu Hause nicht helfen."

„Ich verstehe." Der Herr Lehrer nickte. Er legte die Pfeife beiseite, nahm sein neues Werkzeug mit beiden Händen an seinem Griff und kam hinter seinem Pult hervor. Die Gemeinderäte traten jeder ein paar Schritte zurück und zogen die Köpfe ein. Der Herr Lehrer wog das Brett in der Hand, stellte sich breitbeinig hin und schwang es dann ein paarmal kräftig durch die Luft, dass es nur so pfiff. „Gar nicht mal schlecht", sagte er anerkennend, „gar nicht mal schlecht, Hermann", sagte er an den Herrn Bürgermeister gerichtet, und „gut gemacht, Eberhard, du hast dein Handwerk ordentlich gelernt", zum Schreiners Eb. Beide erröteten. Der Herr Lehrer aber sah sie gar nicht richtig an. Er stand da wie der schreckliche Engel mit dem flammenden Schwert, betrachtete sein neues Werkzeug und schwang es durch die Luft, einmal schnell, dann wieder langsam; und mit jedem Schwung hellte sich sein Gesicht ein wenig mehr auf, bis zuletzt ein dröhnendes Lachen aus ihm herausbrach, ein Lachen, wie man es wohl nie zuvor in unserem Dorf gehört hatte und seitdem nie wieder hörte, ein Lachen, so ungnädig und so abgründig, dass sich jeder, der es hörte, entsetzte. Die Männer, der Herr Bürgermeister und die Gemeinderäte, standen da, warfen einander erschrockene Blicke zu und starrten das Ungeheuer, das sie erschaffen hatten, mit weit aufgerissenen Augen an.

Romeo und Julia in Franken

Der Vater meiner Mutter war, na ja, katholisch. Da lacht ihr! Heute kräht kein Hahn mehr danach, aber früher, gegen Ende des 19. Jahrhunderts und sogar in meiner Kindheit noch, war das anders. Meines Großvaters Name war Hans, eigentlich Johann, und er lebte über den Fluss rüber, und obwohl damals schon eine Brücke da war und eine Straße von hier nach dort, gab es so gut wie keine Verbindung zwischen den beiden Ortschaften, da die unsere, wie ihr wisst oder euch denken könnt, ganz evangelisch war und die andere eben ganz katholisch. Mein Großvater kam also eines Tages hier durch, auf dem Weg in die Stadt, und es war ihm recht zuwider, aber als er schon hindurch war, fiel ihm eine junge Frau ins Auge, die mit der Sense das Gras am Wegrand mähte. Obwohl er annehmen musste, dass sie evangelisch war, verfiel er ihr auf den ersten Blick, stellte ihr nach, entlockte ihr ihren Namen, Margarete, machte ihr umständlich den Hof und ließ nicht eher locker, als bis sie ihn genauso herzlich liebte wie er sie.

Das alles geschah natürlich heimlich und im Verborgenen, denn schließlich war er katholisch und sie evangelisch, und eine Ehe zwischen ihnen nach allen Regeln des Anstands und der Sitte ausgeschlossen. Sie konnten aber nicht voneinander lassen, die beiden, und trafen sich in den Wäldern oder in Büschen und Scheunen, je nachdem, wie es sich ergab und das Wetter oder die Jahreszeit es zuließen.

Eines Tages jedoch hatten sie es satt, ihre Liebe vor der Welt zu verheimlichen. Sie sprachen vom Heiraten, wussten aber nicht, wie sie es anfangen sollten. Der Hans, mein späterer Großvater, schlug vor, die Margarete solle katholisch werden; er habe gehört, dass das möglich wäre, peinlich zwar und ein lebenslanger Makel, aber immerhin. Die Margarete jedoch — meine Großmutter, wie ihr vielleicht schon erraten habt — weigerte sich rundheraus, darüber auch nur nachzudenken, erwiderte aufgebracht, er könne ebensogut evangelisch werden, und sie, für ihr Teil, denke nicht daran, ihren Glauben aufzugeben. Sie stritten eine ganze Weile herum, am Ende beschimpfte die Margarete den Papst und der Hans daraufhin den Martin Luther. Da sagte die Margarete, es wäre genug, sie wollten aufhören, sich zu streiten; und damit sie sich nie wieder streiten müssten, wollten sie sich gleich trennen, denn sie hätten ja doch keine gemeinsame Zukunft. Und so gingen sie auseinander, enttäuscht und unglücklich zwar, aber in der Überzeugung, dass es das Beste für sie wäre.

Das Beste kam aber erst noch, denn ein paar Wochen später bemerkte die Margarete, dass sie schwanger war. Ihrer Großmutter hatte, wie so viele andere achtbare Frauen auch, ihr erstes Kind nach fünf Monaten schon zur Welt gebracht. Mit ihr beriet sich die Margarete und beschloss dann, dass sie den Hans heiraten müsste, ob er nun katholisch war oder nicht, und als sie ihm die Umstände mitteilte, erklärte er sich auch sogleich dazu bereit.

Ihre Eltern waren natürlich außer sich, ganz besonders ihre Väter; der Margarete — oder Gretel, wie sie genannt wurde — ihr Vater soll derart in Raserei verfallen sein, dass vier starke Männer ihn nur mit Mühe davon abhalten konnten, den „Schänder seiner Tochter", wie er sich ausdrückte, mit bloßen Händen zu erwürgen. Sie sperrten ihn zur Sicherheit in den Keller, wo er im Lauf von drei Tagen, die er dort verbrachte, ein ganzes Fass Bier leerte. Danach ging es ihm wieder besser und er konnte unter Aufsicht in die Freiheit entlassen werden.

Schwieriger aber noch als das Einverständnis der Eltern zu erwirken war es, die zuständigen Pfarrer dazu zu bringen, untereinander zu klären, welcher von ihnen beiden unter welchen Umständen die Trauung vollziehen könnte. Die Zeit drängte mittlerweile schon, wenn es denn noch ein Fünf-Monats-Kind werden sollte. Nur mit viel Zureden gelang es, die beiden geistlichen Herren zu bewegen, einander im Wirtshaus zur Post zu treffen, welches sich gleich neben der schon erwähnten Brücke befand.

Die Herren Pfarrer kamen also dorthin, und als sie einander erblickten, reckte jeder sein Kinn so hoch er konnte, um zu zeigen, dass er auf den anderen herabblickte. Sie grüßten sich höflich, aber kühl, betraten die gut gefüllte Schankstube und nahmen an einem freien Tisch Platz, wo sie jeder ein Glas Bier bestellten. Als das Bier kam, nahmen sie jeder einen kräftigen Schluck, doch ohne anzustoßen, und dann begannen die Verhandlungen.

Der evangelische Pfarrer war damals ein gewisser Johann Gottlieb Büchler, jüngster Sproß einer jahrhundertealten Pfarrersdynastie. Der katholische Pfarrer hieß Johann Baptist Burkert; er war der jüngere Sohn eines Großbauern aus dem Nürnberger Land. Das waren, müsst ihr wissen, keine Pfarrer wie die heutigen, die oft schmächtig sind und weiche, rosige Hände haben und schlechte Augen vom vielen Lesen. Johann Gottlieb Büchler und Johann Baptist Burkert waren noch Pfarrer vom alten Schlag, die neben ihrer Pfarrersarbeit ihre Pfründe bewirtschafteten, ihre Äcker und Wiesen und Teiche und Wälder, regelrechte Bauern also, die am Sonntag vor der Kirche noch schnell ihre Kühe molken, ihr eigenes Brot buken und ihr eigenes Bier brauten; es waren richtige Männer mit breiten Schultern und Händen so hart wie Holz, die die Axt so mühelos führten wie den Federhalter.

„Es ist klar", begann der Büchler, der evangelische Pfarrer, „dass die beiden heiraten müssen."

„Natürlich müssen sie das", sagte der Burkert, der katholische. „Die Frage ist ja nicht ob, sondern wie —"

„Sie werden natürlich in der evangelischen Kirche getraut", unterbrach ihn der Büchler frech. „Oder stand das je in Frage?"

Der Burkert lief rot an; er war als Hitzkopf bekannt. „Ist das die Art, Herr Büchler, wie Sie dieses Gespräch zu führen gedenken? Ich hatte angenommen, wir träfen uns, um zu verhandeln —"

„Es gibt nichts zu verhandeln", schnappte der Evangelische. „Die Trauung ist bei uns, und Schluss; mehr ist nicht zu sagen. Ha!" rief er, „zu denken, eine Protestantin gäbe sich her, sich mit Weihrauch bedämpfen und mit fauligem Wasser besprengen zu lassen —"

Jetzt war es am Burkert, sein Gegenüber zu unterbrechen, doch da er, wie gesagt, als ein Hitzkopf bekannt war, begnügte er sich nicht mit abschätzigen, spitzen oder gar gehässigen Worten. Er stand vielmehr auf, nahm den Tisch, der zwischen ihnen stand, und warf ihn mitsamt den Gläsern in die Ecke. Es war aber ein uralter, schwerer Wirtshaustisch aus Eichenholz. In der Schankstube wurde es still und alles sah zu ihnen hin.

Der Büchler, der Evangelische, gab sich schwer beeindruckt und kleinlaut. „O weh", sprach er, „da habe ich mich wohl im Ton gehörig vergriffen. Ist das zu fassen, so ein schwerer Tisch! Ich bitte Sie, mein Herr, aufrichtig um Entschuldigung. Es soll nicht wieder vorkommen."

Der Wirt kam herbei, blickte sie beide böse an, wagte aber nichts zu sagen, es waren ja schließlich die Herren Pfarrer. Er stellte den Tisch wieder auf und wartete mit in die Hüften gestemmten Fäusten bis der Büchler zwei neue Biere bestellt hatte und zwei Vesperteller dazu, sowie eine Runde Freibier für alle Anwesenden. „Das geht auf mich alles, Hochwürden", sagte der Büchler demütig zu dem Burkert, „und weil ich Ihre Gefühle verletzt habe, soll die Trauung in der katholischen Kirche sein. Die Hand drauf!"

Und er streckte dem Burkert seine große, harte Männerhand hin, und der Burkert nahm sie und schüttelte sie. Das Bier kam und das Vesper, das aus Butterbrot bestand und aus einem Haufen geräucherter Bratwürste. Die Pfarrer aßen und tranken, scheinbar wieder friedlich.

„Kommen wir jetzt", fing der Büchler nach einer Weile wieder an, „zu den Kindern."

Der Burkert lief rot an. „Geht das schon wieder los!" schimpfte er, und hieb mit der Faust auf den Tisch, dass die Gläser einen Sprung taten. „Ich dachte gerade eben, Sie wollten vernünftig sein!" Er meinte nämlich, er hätte als Vertreter der älteren Glaubensgemeinschaft größere, auf jeden Fall ältere Rechte als der Evangelische.

Der aber blieb ganz ruhig. „Sie müssen verstehen", sagte er, „dass meine Leute von mir erwarten, dass ich, wenn ich nach Hause komme, etwas vorzuweisen habe. Ich habe mir also gerade eben jetzt überlegt, dass wir es so machen könnten: Die Söhne werden evangelisch und die Töchter katholisch. Sie wissen", sagte er in einem beschwichtigenden Ton, als der andere wieder aufzubrausen drohte, „so gut wie ich, dass es die Frauen sind, die Mütter, die ihren Kindern die Religion vermitteln. Ich bitte Sie also, mir dieses kleine Zugeständnis zu machen, damit ich ohne mein Gesicht zu verlieren von hier nach Hause gehen kann. — Die Hand drauf!" Und wieder streckte er dem Burkert seine Hand hin; dieser war zwar etwas verdutzt, nahm sie aber und schüttelte sie.

An dem Abend ging der Burkert froh nach Hause in der Gewissheit, dem Evangelischen klar gemacht zu haben, wo sein Platz in der Welt war — nämlich unter ihm. Besonders glücklich aber war er, dass er ihm aus reiner Gnade und Barmherzigkeit ein kleines Zugeständnis gemacht hatte, um daheim sein Gesicht wahren zu können.

Der Büchler kehrte jedoch um einiges froher nach Hause zurück, als der katholische Pfarrer vermutete, denn er hatte in Wirklichkeit alles erreicht, was er wollte. Er kannte ja jeden bei uns im Dorf und wusste genau, dass meine Großmutter die einzige Tochter ihrer Eltern war und fünf ältere Brüder hatte; und als er nachgeforscht hatte in den Kirchenbüchern, hatte er herausgefunden, dass es bei der Mutter meiner Großmutter und bei ihrer Großmutter auch schon so gewesen war: Sie waren alle die einzigen Töchter ihrer Eltern, welche außer ihnen eine stattliche Anzahl Söhne bekommen hatten. Ob er schon etwas wusste von Genetik, worüber heutzutage so viel gesprochen wird, das weiß ich freilich nicht, aber ich weiß, dass meine Großmutter, die Gretel, ihn nicht enttäuscht hat: Sie bekam sechs Söhne sogar, und als niemand mehr damit gerechnet hat, meine Mutter noch. Weil aber außer meinen Großeltern niemand mehr von der Abmachung der beiden Pfarrer wusste, die damals schon gestorben waren, und vor allem aus praktischen Gründen natürlich, wurde meine Mutter auch evangelisch, wie ihre Brüder. Und deshalb bin ich, so, wie ich hier vor euch stehe oder vielmehr sitze, es auch.

Eine Sache noch, damit die Geschichte zu Ende erzählt ist: Nachdem sie geheiratet hatten, lebten meine Großeltern hier bei uns im Dorf, wo sie sich ein kleines Gütlein kauften; und als mein katholischer Großvater hier das erste Mal ins Wirtshaus ging, um sein Milchgeld zu holen — und natürlich um sein Bier zu trinken —, da sangen die jungen Burschen, um ihn zu ärgern, das bekannte Kinderlied, aber mit leicht geändertem Wortlaut. Sie sangen: „Hänsel und Gretel verfielen sich im Wald..."

Aber mein Großvater, der lachte nur und bestellte sich noch ein Bier.

Die Malheure des Mädchens Edeltraud

Meine Cousine Edeltraud war als Kind schon so wie später als Erwachsene: Groß, dünn, zäh und — leider! — vom Pech verfolgt. Ihr passiert eigentlich dauernd irgendwas Dummes: Sie vergisst zum Beispiel ständig irgendwo ihren Schirm oder steigt in den falschen Zug, und wenn ihr einmal der Schlüssel in den Gully fällt, dann bestimmt in einer stockfinsteren Nacht. Sie hat das von ihrem Vater geerbt, dem Gütler und Krauthobler Ernst Beck, der vier Töchter in die Welt setzte, ehe er davon Abstand nahm, einen Sohn zeugen zu wollen. Die Edeltraud war die älteste, gefolgt von Heimtraud, Waltraud und, zu guter Letzt, Gertraud. Mein Onkel Ernst Beck, auch genannt der Becken Ern, war alles in allem ein maulfauler und geistloser Bursche. Aus diesem Grund vermutlich enden so gut wie alle Kindheitsgeschichten meiner Cousinen mit einer Ohrfeige, oder, wie man bei uns in Franken sagt, mit einer Trumm Schell'n. Keines der Mädchen aber sammelte davon so viele ein wie die arme Edeltraud, die das Pech anzog wie meiner Mutter ihr schwarzes Samtkleid Fusseln.

Sie waren arm, die Becks. Wir wollen ehrlich sein, niemand verdingt sich mit Krauthobeln, wenn er etwas anderes machen kann. Er wurde ein Gütler genannt, als besäße er einen kleinen Gutshof, aber in Wahrheit hatte er nur zwei oder drei schlechte Äcker, eine Kuh, ein Schwein und eine Handvoll Hühner, und wenn die Mädchen von der Schule nach Hause kamen, bekamen sie meistens nur eine dünne Suppe vorgesetzt und mussten dann Beeren zupfen oder Holz klauben im Wald. Der Becken Ern war, das kann man ja verstehen, immer der Meinung, er hätte was besseres verdient. Hatte er aber nicht. Er war noch jünger damals, er hatte noch nicht verstanden, dass es im Leben keine Gerechtigkeit gibt, wie man an der ungewöhnlichen Reihe der Missgeschicke, die seiner Tochter Edeltraud, meiner Cousine, in jenem Jahr des Herrn 1942 widerfuhren, deutlich sehen kann.

Es fing damit an, dass die Edeltraud eines Morgens auf dem Weg zur Schule hinfiel und dabei ihre Schiefertafel zerbrach — was doppeltes Pech war, denn sie hatte ihre Hausaufgaben darauf geschrieben. Ottmar Bach, unser Lehrer, glaubte ihr natürlich kein Wort. Er hätte die Scherben, die die Edeltraud ihm vorhielt, zusammensetzen und ihre Aussage überprüfen können, aber er hielt es nicht für wert; zu viele seiner Zöglinge hatten bereits versucht, ihn über's Ohr zu hauen.

„Ich kenne euch", sprach er, „alle miteinander, ihr seid sündige Geschöpfe durch und durch. Ich aber werde euch, und heute insbesondere dir, o Edeltraud, den Pfad der Tugend weisen."

Da nun die Edeltraud dünn war und schwächlich wirkte, hatte er bislang vermieden, sie zu züchtigen, doch nun besaß er seit kurzem ein wundervolles Gerät, ein langes Brett mit einem Griff daran, welches ihm von den Gemeinderäten überreicht worden war, auf dass er den Kindern, wenn er sie damit schlug, keine offenen Wunden beibrachte. Mit diesem Brett, dachte er, würde er wohl auch dieses dünne Mädchen verhauen können, ohne ihrer Gesundheit zu sehr zu schaden, und er hatte, wie sich zeigte, Recht damit.

Als die Edeltraud mit Groll im Herzen und einem schmerzenden Hinterteil nach Hause kam, machte sie nicht den Fehler, ihren Eltern zu sagen, dass sie vom Herrn Lehrer verhauen worden war. Sie wusste nämlich, dass sie dann von ihrem Vater noch einmal eine Tracht erhalten würde. Als daher ihre Mutter sie wegen ihrer missmutigen Miene fragte, ob in der Schule etwas vorgefallen wäre, gestand sie lediglich ein, dass ihr die Schiefertafel zerbrochen war, und empfing dafür von ihrem Vater die ihr zustehende Trumm Schell'n. Sie zuckte dabei mit keiner Wimper, sei es, weil sie damit gerechnet hatte, sei es, weil sie durch die bereits erhaltenen Prügel ein wenig abgestumpft war. Dies war, wie ihr gleich sehen werdet, ihr zweites Missgeschick an dem Tag. Ihr Vater glaubte nämlich, er habe nicht richtig zugeschlagen, und ließ der ersten Ohrfeige eine zweite folgen, und dieser wiederum, zur Sicherheit sozusagen, gleich noch eine dritte.

Das war am Montag. Am Mittwoch verlor die Edeltraud die Sohle eines ihrer Schuhe, denn es hatte getaut und der schmelzende Schnee hatte Straßen und Wege in Schlamm und Matsch verwandelt. Man muss sagen, dass die Schuhe schlecht waren, und die Edeltraud wusste genau, dass es nicht ihre Schuld war; die Nässe hatte das billige Material weich und rissig werden lassen, so dass die Sohle irgendwo auf dem Weg zur Schule einfach abgefallen war. Sie hatte es erstaunlicherweise nicht einmal bemerkt, sondern angenommen, dass der Schuh undicht geworden und voll Wasser gelaufen wäre. Als sie dann, in der Schule angekommen, sah, dass die ganze Sohle fehlte, rief sie laut und vernehmlich: „Ja, verreck!" Alles lachte darüber, nur nicht der Herr Lehrer.

„Es ist nicht schön", sprach er würdevoll, „sich so zu äußern", und warf einen liebevollen Blick auf sein neues Prügelwerkzeug, das für alle sichtbar neben der Tafel an der Wand lehnte.

Edeltraud hatte den Blick des Herrn Lehrers wohl wahrgenommen. Sie schloss ihren Mund und entschied, über dieses ihr drittes Malheur Stillschweigen zu bewahren. Also lief sie mit dem kaputten Schuh herum, als ob nichts wäre. Fast drei Tage lang hielt sie durch und stapfte mit dem unten offenen Schuh durch den eiskalten Matsch. Am Freitag aber kam sie mit laufender Nase von der Schule nach Hause und wurde, nachdem ihre Mutter ihr die Stirn gefühlt hatte, sofort ins Bett gesteckt. Sie schlief trotz Fieber mit einem Lächeln ein, denn ihr Geheimnis war noch immer unentdeckt.

Am Sonntagmorgen ging es ihr schon wieder besser. Sie saß in Decken gehüllt vor dem Ofen und trank Kamillentee, während ihr Vater und ihre

Schwestern in der Kirche waren. Ihre Mutter gedachte, für das Mittagessen ein Huhn zu braten, da es der letzte Sonntag vor der Passionszeit war, und hatte zu diesem Zweck ein bestimmtes Tier auserwählt, ihre Feiertagsspeise zu sein. Das Huhn jedoch schien zu wissen, dass es ihm ans Leben ging, und wehrte sich so verzweifelt gegen seine Gefangennahme und Abschlachtung, dass die Mutter es für notwendig hielt, ihre Tochter zur Mithilfe heranzuziehen. Die Edeltraud hatte schon oft zugesehen, wenn ein Huhn geschlachtet wurde, aber noch nie selbst dabei mitgewirkt. Ihre Aufgabe dabei sollte nun sein, das zappelnde und flatternde Tier über den Hackstock zu halten, damit die Mutter ihm mit dem Beil bequem den Kopf abschlagen könnte. Sie nahm das Huhn also, wie ihr befohlen wurde, fest bei den Füßen, ihre Mutter drückte es mit der linken Hand hinunter und schwang mit der rechten das Beil — das Beil fiel herab — und der Kopf des Huhnes wurde abgetrennt. Das hätte es eigentlich gewesen sein sollen. War es aber nicht.

Ob es der anklagende Blick des Tieres im Augenblick seines Todes war oder das rote Blut? Die Edeltraud schrie jedenfalls auf und ließ los, und das kopflose, immer noch zappelnde Huhn breitete seine Flügel aus und flog hoch hinauf auf den alten Apfelbaum, unter dem sie standen, krallte sich fest an einem Ast, fünf oder sechs Meter über dem Boden und verspritzte sein letztes Blut über die beiden Menschen, die es ermordet hatten. Dann erstarb es endgültig. Mutter und Tochter aber standen sprachlos, Hühnerblut im Gesicht und auf den Kleidern, und starrten hinauf, wo der kopflose Leichnam festgekrallt hing.

Sie standen immer noch so da, als der Becken Ern mit Heimtraud, Waltraud und Gertraud aus der Kirche zurückkam. Nachdem er sich ein Bild von der Lage gemacht hatte, gab er der Edeltraud eine Ohrfeige und seiner jüngsten Tochter, Gertraud, auch eine, weil sie lachte. Seiner Frau hätte er am liebsten auch eine gegeben, aber er traute sich nicht, denn sie hätte wahrscheinlich zurückgeschlagen. Dann band er zwei Besen und eine langstielige Harke zu einem Gestänge zusammen, mit dem er es nach ein paar erfolglosen Versuchen doch noch schaffte, das tote Huhn von seinem Ast herunter zu holen. Es fiel ihm dabei allerdings auf den Kopf, woraufhin er der Edeltraud eine weitere Ohrfeige gab und seiner jüngsten Tochter Gertraud auch eine, weil sie lachte.

Das war das vierte Malheur meiner Tante Edeltraud innerhalb von sieben Tagen, und sie sagte später, es habe vorher oder nachher in ihrem ganzen Leben nie wieder eine so schlechte Woche gegeben. Dabei war die Pechsträhne noch gar nicht vorbei.

Am achten Tag gab es nämlich noch ein fünftes Malheur, allerdings war es vor allem ein Malheur ihres Vaters. Als der Becken Ern nämlich am Abend schwitzend und übellaunig vom Krauthobeln zurückkam, traf er in seiner Wohnstube, auf dem Sofa sitzend, den Bürgermeister Hermann Tremel in seiner SA-Uniform an, die er zu tragen pflegte, wenn er in offizieller Angelegenheit unterwegs war. Er war erschienen, um dem Becken Ern seine Einberufung auszuhändigen, der zufolge er zwei Tage später in der Kreisstadt vorstellig zu werden hatte, um gemustert zu werden und weitere Befehle zu empfangen. Im Sommer — das wusste er da natürlich noch nicht — würde er nach Stalingrad kommen, an der legendär-berüchtigten Schlacht teilnehmen und sie sogar überleben, doch es würden Jahre und Jahre vergehen, ehe er wieder nach Hause kam, krank und erschöpft, aber mit dem sicheren Wissen, dass es im Leben immer noch ein bisschen schlimmer kommen konnte als man zuerst dachte. Doch das ist eine andere Geschichte.

Der späte Sieg der Liebe

Es ist nicht vorstellbar, dass ein Mensch über seinen Familiennamen glücklich sein kann, wenn dieser „Knödel" lautet. Hans Knödel, unser Hans, mochte seinen Namen nie, wie er gelegentlich anmerkte; aber sein Vater, sagte er, habe ihn gelehrt, dass einer, der einen albernen Namen mit Würde zu tragen weiß, ein höheres Ansehen genießt als jemand, der einen vornehmen Adelstitel führt, aber abgesehen davon ein Saudepp ist. Das war die Weisheit vom alten Knödel, aber ich glaube, offen gestanden, dass er falsch lag damit. Ich kenne nämlich eine ganze Reihe von Saudeppen, die auf schöne, wohlklingende Namen hören *und* in der Welt hochangesehen sind. Wie auch immer, dem Hans Knödel, unserem Hans, leuchtete es ein und es wurde ein selbstbewusster und kluger junger Mann aus ihm; was er in acht Jahren Volksschule lernen konnte, das lernte er, und darüber hinaus eignete er sich im Selbststudium sozusagen noch das eine oder andere nützliche Wissen an.

Als der Hans das Alter erreicht hatte, in dem ein junger Mann sich recht dringend eine passende Gefährtin wünscht, setzte er den Hut auf und machte einen Spaziergang auf der Landstraße. Dort kam ihm, wie er gehofft hatte, eine junge Frau auf einem Fahrrad entgegen. Es handelte sich um die Gastwirtstochter Rosa Zahn, die, wie sich der Leser unschwer vorstellen kann, in ihrer Kindheit von ähnlichen Sorgen geplagt worden war wie der Hans. Sie kam näher, bremste und hielt, als der Hans ihr in den Weg trat, notgedrungen an.

„Ein schönes Fahrrad hast du da, Rosa", sagte er ohne Umschweife. „Wirklich schön. So rot und" — er überlegte kurz — „und glänzend."

Die Rosa Zahn betrachtete ihr Fahrrad, als sähe sie es mit ganz neuen Augen. „Vielen Dank", gab sie dann zurück.

„Es hat so eine, na ja, laute Klingel daran, das ist recht nützlich", fuhr der Hans fort.

„O ja." Die Rosa nickte und klingelte ein bisschen mit ihrer Fahrradklingel.

„Was ich eigentlich sagen wollte, Rosa", sagte der Hans, „hast du oder hast du keinen Freund?" Rosa Zahn lachte laut auf, als er das sagte, und er war einen Moment lang erschrocken darüber, aber dann sah er an ihrem Blick, dass sie ihn gern hatte, und das ermutigte ihn fortzufahren. „Denn, Rosa, wenn du keinen hast, dann würde ich dich fragen, ob ich nicht dein Freund sein kann." Sie lachte wieder, und dann legte sie eine Hand auf seine Wange und streichelte sie ein bisschen, und von dem Moment an war er verloren; von dem Moment an wollte er für den Rest seines Lebens — und er wurde alt, unser Hans, uralt — keine andere Frau mehr als nur die Rosa.

Die Rosa wusste genau, was sie tat, als sie sich auf den Hans einließ, denn als Gastwirtstochter hatte sie das Rechnen gelernt, und dass ein umgänglicher, vernünftiger junger Mann mit einem großen Bauernhof, den er eines Tages erben würde, ihr einen Antrag machte, war nicht das Schlechteste, das ihr hätte geschehen können. Und sie hatte ihn auch wirklich gern, das muss man sagen; so gern, dass es ihr gar nicht in den Sinn kam, dass ihr Name nach der Hochzeit „Rosa Knödel" lauten würde. Aber genau so kam es, wenn auch mit einer Verzögerung. Denn als der Termin für die Hochzeit festgesetzt war, starb der alte Knödel überraschend, und seine Familie sah sich nicht in der Lage, so kurz nach der Trauerfeier ein Freudenfest abzuhalten. Aus diesem

Grund fand die Trauung ein halbes Jahr später statt, an einem sonnigen, aber eiskalten Januartag, an dem uns buchstäblich der Rotz in der Nase gefror und es in der Kirche so kalt war, dass der Herr Pfarrer Kolb, unser Pfarrer, als er das Brautpaar einsegnete, vor Kälte so sehr zitterte, dass er ihnen die Haare durcheinanderbrachte.

Am andern Tag, als schon wieder Alltag herrschte — denn zu der Zeit wusste man noch nichts von Hochzeitsreisen und dergleichen — saßen der Hans und seine frisch angetraute Ehefrau Rosa am Küchentisch und, na ja, turtelten, als sich die Tür öffnete und seine Mutter, die alte Knödelin, hereinkam. Sie lebte natürlich mit im Haus, denn wo hätte sie denn sonst hingehen sollen? In dem kleinen Altsitzerhäuschen nebenan lebten ja damals ihre Eltern noch. Die alte Knödelin fand noch ein paar Dinge, die sie in der Küche in Ordnung bringen konnte, währenddessen das junge Ehepaar geduldig schwieg und wartete. Danach aber setzte sie sich mit an den Tisch, zog das Sonntagsblatt hervor, das sie schon einige Male durchgelesen hatte, faltete es auseinander und strich es auf dem Tisch glatt. Dann begann sie zu lesen, und zwar von vorne. Der Hans und die Rosa warfen sich enttäuschte Blicke zu; sie hätten eben gerne noch ein wenig geturtelt. Das hätten sie natürlich auch in ihrer neuen, gemeinsamen Schlafstube tun können, aber es war kalt dort, denn niemand heizte zu der Zeit an einem Werktag mehr als ein Zimmer, und die Wände waren dünn. Ins Bett gehen hieß sich warm anzuziehen und sich unter gigantischen Federbetten zusammenzurollen, und das war eben nicht das, was sie wollten.

Da kam dem Hans ein Gedanke. „Es ist", sagte er, indem er ausgiebig gähnte, „schon spät und war heute ein langer, anstrengender Tag; lass uns zu Bett gehen, damit wir morgen früh rauskommen." Und er zwinkerte seiner frisch angetrauten Ehefrau verschwörerisch zu.

Sie verstand ihn wohl und sagte, während sie zurückzwinkerte „Du hast bestimmt Recht, Hans", und stand auf, und nachdem sie sich ein Nachtlicht angezündet und der alten Knödelin eine gute Nacht gewünscht hatten, gingen sie beide zur Tür.

Da faltete die alte Knödelin ihr Sonntagsblatt zusammen, steckte es weg, stand auf und sprach: „Ja, dann gehe ich auch zu Bett, denn was soll ich alleine hier herumsitzen", und sie zündete sich ebenfalls eine Lampe an und löschte die Küchenlampe und machte sich auch auf den Weg in ihre Schlafstube.

Der Hans und die Rosa aber, nachdem sie die Tür ihrer neuen, gemeinsamen Schlafstube hinter sich geschlossen hatten, lauschten aufmerksam, bis sie nebenan, in der Schlafstube der alten Knödelin, das Bett knarzen hörten; dann schlichen sie auf Strümpfen hinunter in die Küche, legten noch ein Scheit oder zwei nach und fuhren damit fort zu turteln.

Es vergingen dabei ein paar Minuten, bis sich überraschend die Tür öffnete und die alte Knödelin, vollständig bekleidet, hereinkam, mit den Worten „Na, könnt ihr auch nicht schlafen", ihr Sonntagsblatt herauszog, es auseinanderfaltete, vor sich ausbreitete und — von vorne natürlich — zu lesen begann.

Der Hans und die Rosa waren frisch verliebt und hatten einander vieles zu sagen und zu erzählen, aber tagsüber ging das nicht, wegen der Arbeit, und nachts im Bett gefiel es ihnen nicht, wegen der Kälte. Man kann durchaus verstehen, dass sie den Wunsch hatten, bei erträglichen Temperaturen ungestört ein wenig Zeit miteinander zu verbringen. Die alte Knödelin jedoch schien es damals nicht begreifen zu wollen. Wo immer der Hans und die Rosa beieinander saßen oder standen, da tauchte sie auf, ihr sorgfältig gefaltetes Sonntagsblatt griffbereit zur Hand.

So vergingen der Januar und der Februar. Der März kam und brachte sonniges, warmes Wetter mit sich. Eines Sonntags nach dem Essen gingen der Hans und die Rosa aufs Feld hinaus, um nachzusehen, ob dort alles in Ordnung war. Spazierengehen wurde ja zu der Zeit nicht gern gesehen. Die Sonne schien gerade warm herab und es war eine alte Bank da am Wegrand, dort setzten sie sich, hielten sich bei den Händen und erzählten einander von ihren Gedanken und Träumen. Sie rückten näher zusammen, denn der Wind war noch ein bisschen frisch, und dann, na ja, taten sie, was Verliebte eben tun.

Doch plötzlich meinte die Rosa, sie hätte etwas gehört. „Hast du das auch gehört, Hans?" fragte sie.

Der Hans jedoch war liebestrunken oder wie man das nennt, und hatte nichts gehört. „Nein", sagte er, „was denn?"

„Ich meinte", sagte die Rosa, „ich hätte einen Ast brechen hören oder einen Zweig."

„Ich habe nichts gehört", sagte der Hans und rückte, wenn möglich, noch ein bisschen näher zu seiner Ehefrau hin.

Ein Ast knackte, laut und vernehmlich. Sie schraken auf, alle beide, und als sie hinter sich blickten, sahen sie, wie die alte Knödelin aus dem Unterholz brach wie eine Wildsau, die zufällig die Bahn der Menschen kreuzt.

„Na so was!" rief die alte Knödelin erfreut. „Was macht ihr denn hier?" Sie setzte sich zu ihrem Sohn und ihrer Schwiegertochter auf die Bank, zog eine alte Ausgabe des Sonntagsblattes heraus, faltete sie auseinander und begann darin zu lesen.

„Mutter", sagte der Hans in einem eigenartigen Tonfall. „Das kann so nicht weitergehen."

Die alte Knödelin sah erstaunt auf: „Was denn?" fragte sie unschuldig.

Der Hans tat einen tiefen Seufzer. Die Rosa fragte sich, ob sie vielleicht doch einen Fehler begangen hatte, als sie eingewilligt hatte, den Hans Knödel zu heiraten.

An dem Tag fing der Hans an, nachzudenken. Er dachte eine lange Zeit nach. Selbst ein so kluger Kopf wie er es war braucht für eine so schwierige Aufgabe eine lange Zeit. Eines Tages aber, es war ein Sonntag, setzte er den Hut auf und machte einen Spaziergang auf der Landstraße. Sein Weg führte ihn etwa eine Dreiviertelstunde weit in die übernächste Ortschaft, und dort zu einem Herrn, der allgemein bekannt war als der Kirschen-Helm, da seine Mutter eine geborene Kirsch gewesen war und das Anwesen, auf dem er lebte, seit Menschengedenken eben dieser Familie Kirsch gehört hatte. Sein wirklicher Name war Wilhelm Reich, aber kein Mensch hatte ihn mehr so gerufen, seit er aus der Schule abgegangen war. Der Kirschen-Helm war einer der beiden Männer der alten Knödelin gewesen, als diese, siebzehn Jahre jung, daran ging, einen Gefährten für sich zu suchen. Zur Auswahl standen damals eben jener Kirschen-Helm und, natürlich, der Vater von unserem Hans, Hans Knödel senior. Einmal, vor einigen Jahren schon, hatte die alte Knödelin bei einer winterlichen Rockenstube zu viel Stachelbeerwein getrunken und der Versammlung daraufhin erzählt, dass sie den Kirschen-Helm ein ganz klein wenig lieber gehabt hatte als den Hans Knödel; allerdings verfügte der Hans Knödel über ein deutlich höheres Einkommen als der Kirschen-Helm, was, wie sie sagte, am Ende den Ausschlag gegeben habe. Ihr Ehemann, als er davon hörte, sagte nur „Mir ist egal, warum sie mich geheiratet hat, Hauptsache, sie hat mich geheiratet". Jetzt aber war der alte Hans Knödel schon fast ein

Jahr tot, und weshalb, dachte sein Sohn, sollte der Kirschen-Helm nicht doch noch in den Genuss des ehelichen Zusammenlebens mit seiner Mutter kommen? Soweit Hans Knödel, der jüngere, wusste, hatte der Kirschen-Helm nie geheiratet. Vielleicht hatte er aber noch Lust dazu.

Der Hans fand den Kirschen-Helm Pfeife rauchend auf einer Bank vor seinem Haus sitzen. „Grüß Gott, Helm", sagte er und nahm artig seinen Hut ab.

Der Kirschen-Helm nahm seine Pfeife aus dem Mund. „Was willst du?" fragte er.

„Mein Herr Vater ist letztes Jahr verstorben", sagte der Hans.

„Hab ich auch schon gehört", gab der Kirschen-Helm unbeeindruckt zurück.

„Jetzt fühlt meine Frau Mutter sich natürlich ein bisschen allein", fuhr der Hans fort.

Der Kirschen-Helm nickte. „Kann ich mir vorstellen." Er klang schon ein wenig interessierter.

„Jetzt hast du ja, wie man weiß, ein schönes Paar Ochsen", sagte der Hans.

Der Kirschen-Helm nickte erneut. „Das ist wahr."

„Und einen schönen Wagen dazu, so viel ich weiß."

„Auch das ist wahr." Der Kirschen-Helm beugte sich vor.

„Am 5. Juni", sagte der Hans, „ist es ein Jahr, dass mein Vater gestorben ist. Wenn du also am 6. Juni deinen guten Anzug anziehst und mit deinem Ochsenwagen bei uns vorfährst und meiner Mutter einen großen Strauß Wiesenblumen überreichst, dann, na ja, kann es sein, dass ihr beide vielleicht doch noch zusammenkommt."

Der Kirschen-Helm setzte sich wieder auf und zog ein bisschen an seiner Pfeife. „Ich weiß nicht recht", sagte er dann. „Das ist doch alles schon so lange her. Ich habe mich ans Alleinsein gewöhnt. Eine Frau würde mir nur wieder alles durcheinander machen."

„Also gut", sagte der Hans ohne lange nachzudenken, „wenn du's tust, helfe ich dir alle Jahre im Holz."

Der Kirschen-Helm tat keinen Mucks.

„Ich schlag' dir alle Jahre das Holz und fahr' es dir heim", sagte der Hans.

Der Kirschen-Helm tat, als hätte er nichts gehört.

Der Hans seufzte. „Ich schlag' dir das Holz, ich fahr' es dir heim, ich schneid' es dir ab, ich hack' es dir klein und ich schlicht' es dir auf. Alle Jahre, solange du lebst, und wenn du hundert Jahre alt wirst."

„Die Hand drauf", sagte der Kirschen-Helm, und der Hans schlug ein.

So kam es, dass die alte Knödelin und der Kirschen-Helm nach fünfundzwanzig Jahren doch noch zusammenkamen. Der Hans aber, unser Hans, lebte viele Jahre glücklich und zufrieden mit seiner Frau und einer wachsenden Kinderschar, und obwohl er nie mehr wurde als ein Gemeinderat und auch das nicht lange war, hat keiner mehr für das Dorf getan als er. Es gab nämlich außer seiner Familie nur eine Sache noch auf der Welt, die er wirklich liebte: Unser Dorf.

Der Raubzug

Es gab eine Familie, die war noch ärmer als die Becken Erns, und das waren die Liesel Schmidts, so genannt, weil das Familienoberhaupt mit vollem Namen Lieselotte Schmidt hieß, und zur Unterscheidung von den Schuster Schmidts, die, wie man sich denken kann, Schuster waren. Die Liesel Schmidts hatten natürlich auch einen Ehemann und Vater, aber der hatte rein gar nichts zu sagen, so dass nicht einmal sein Vorname überliefert ist; er wurde überall nur der Liesel Schmidt genannt, während seine Frau die Liesel war. Es gab zwar zu der Zeit noch andere Lieselottes im Dorf, von denen ein oder zwei ebenfalls Liesel genannt wurden, aber es bestand keinerlei Verwechslungsgefahr — jeder wusste, wer gemeint war, wenn jemand „die Liesel" sagte, gerade so, als wäre sie die schlechthinnige Vertreterin einer besonderen Art. Und besonders war sie auch wirklich.

Ich mochte die Liesel gern. Sie war arm, ihre Kleider waren schlecht und sie fluchte wie der sprichwörtliche Scheunendrescher, aber sie hatte ein großes Herz. Trotz ihrer Armut hatte sie immer noch etwas übrig, um es mit anderen zu teilen, und wenn jemand kam, seine Sorgen mit ihr zu bereden, hörte sie zu als hätte sie selbst keine. Sie war in ihrer Jugend eine Schönheit gewesen, und auch jetzt, in der Mitte ihres Lebens, sah sie noch gut aus, nur dass zwei tiefe Furchen auf ihrer Stirn waren, die, wie es schien, von Jahr zu Jahr tiefer wurden.

Die Liesel Schmidts lebten ein ganzes Stück außerhalb in einem Haus, das der Bahn gehörte, denn der Liesel Schmidt war ein Bahnarbeiter. Mit dem Wohnrecht war die Aufgabe verbunden, die Funktion einiger naher Signalmasten zu überprüfen, ein Dienst, den die Liesel in jenem Frühjahr 1945 versehen musste, denn ihr Mann war im Krieg. Sie hatte zwei Söhne, damals vierzehn und zwölf Jahre alt, und eine Tochter, elf. Es war Februar, es war kalt und die Vorräte gingen zur Neige.

Ende des Monats wurde die nahe Kreisstadt von den Alliierten bombardiert. In der Nacht erwachten die Liesel Schmidts vom Dröhnen der Flugzeuge über ihren Köpfen. Sie hörten das Grollen der fernen Explosionen und das Wummern der nutzlosen Geschütze. Der Angriff dauerte nur ein paar Minuten. Dann schien das Dröhnen der Flugzeuge wieder lauter zu werden, und einer plötzlichen Eingebung folgend sagte die Liesel zu ihren Kindern, sie sollten ihre Jacken nehmen und so, wie sie waren, mit ihr mitkommen, jetzt sofort. Sie führte sie in den angrenzenden Wald, wo nach wenigen Metern nur eine Art Senke war, in die sie sich hineinlegen mussten, und sie selbst legte sich über sie. Das ging alles sehr schnell, und kaum, dass sie sich in dieser Senke hingelegt hatten, waren die Flugzeuge wieder über ihnen oder ganz in der Nähe jedenfalls, und eines davon warf noch eine allerletzte Bombe ab. Sie hörten noch ihr Pfeifen — der Knall dann war ohrenbetäubend, und die Liesel Schmidts blieben noch eine Zeit lang in ihrer Senke liegen, obwohl sie unverletzt waren, einfach weil ihre Ohren taub waren von dem Knall und sie nicht hören konnten, dass die Flugzeuge schon fort waren.

Als sie endlich aufstanden und zum Haus zurückgingen, graute schon der Morgen, und das erste, was die Liesel sagte, war: „Gott sei Dank, das Haus steht noch." Das zweite, was sie sagte, war: „Verfluchter Mist, die Fenster sind alle entzwei." Diese einzelne, letzte Bombe, hatte, wie sich herausstellte, die Bahnlinie getroffen, die neben dem Haus vorbeilief, und zerstört; es war ein tiefer Krater etwa zweihundert Meter vom Haus entfernt, und an seinen Rändern ragten die Enden der Gleise auf wie das Geäst toter Bäume. Das Haus als Ganzes war zwar verschont geblieben, aber die Druckwelle hatte jedes einzelne Fenster eingedrückt und die Scherben waren im ganzen Haus verteilt, so dass sie stundenlang beschäftigt waren, sie wegzuräumen, und dann noch einmal Stunden, um die Fenster mit Pappkarton und Bretterresten wenigstens vorläufig abzudichten. Der Vater der Liesel, der Schreiner war, kam im Lauf des Tages vorbei um ihr zu helfen. Er hatte ein paar Stücke Fensterglas dabei und Kitt, so dass es am Abend wieder einigermaßen wohnlich war im Bahnwärterhäuschen, aber die Liesel trug von da an einen großen Groll im Herzen, und ich finde, man kann es ihr nicht verdenken.

Wie auch immer, am anderen Morgen in aller Frühe kam ein Zug, ein Güterzug, um genau zu sein, und hielt, da er wegen der zerstörten Gleise nicht weiterfahren konnte, in der Nähe des Hauses. Die Liesel beobachtete alles und sah, wie nach einiger Zeit drei Männer von der Lokomotive herabstiegen und zu Fuß Richtung Bahnhof gingen. Sie wunderte sich, dass scheinbar niemand zurückblieb, um den Zug zu bewachen, aber schließlich war der Krieg

voller eigenartiger und unvorhergesehener Ereignis-
se, und vielleicht waren sie ja auch hungrig und
durstig und hatten nichts zu essen dabei. In dem
Moment jedenfalls, als sie die drei Männer in der
Ferne verschwinden sah, hatte die Liesel bereits
einen Einfall, aber es kostete sie noch eine volle
halbe Stunde, ihre Bedenken zu überwinden und
diesen Einfall in die Tat umzusetzen. Dann aber
ging sie schnurstracks nach oben, warf ihre Kinder
aus den Betten und befahl ihnen sich anziehen und
mit ihr zu kommen.

„Was ist denn los?" fragte der Georg, der Älteste.
„Was hast du vor?"

Die Liesel stemmte die Hände in die Hüften und
sah ihre Kinder herausfordernd an. „Wir rauben
den Zug aus", sagte sie. Und der Georg, oder
Schorsch, wie wir ihn nannten, mein Schulfreund,
erzählte mir später, es habe sich in dem Moment
sehr vernünftig angehört. Sie waren wütend, weil
sie arm waren, weil ihr Ehemann und Vater im
Krieg war und weil bei dem Bombenangriff ihre
Fenster kaputtgegangen waren, und sie fanden, dass
das Schicksal ihnen eine Wiedergutmachung schul-
dete. Und so zogen sie los: Der Schorsch, weil er
der Älteste war, schleppte den Kuhfuß, der Fritz,

der jüngere Sohn, den Vorschlaghammer, und das Mädchen, Maria, ein paar alte Kartoffelsäcke, um die erwartete Beute aufzunehmen. Aber es lief nicht so, wie sie es sich vorgestellt hatten: Trotz Kuhfuß und Vorschlaghammer gelang es ihnen nicht, auch nur einen der Waggons aufzubrechen. Zum Glück fanden sie einen, der unverschlossen war. Sie kletterten hinein, nahmen von all den Kisten, die da standen, die eine, die sie gerade noch tragen konnten, mit und schleppten sie unter Mühen nach Hause, und das gerade noch rechtzeitig, ehe die Männer zurückkamen, den Kessel nachheizten und im langsamen Rückwärtsgang wieder davonfuhren.

Als der Zug nicht mehr zu hören war, machten sie sich daran, die Kiste zu öffnen. Sie war fest zugenagelt, und selbst mit Hilfe des Kuhfußes dauerte es eine Zeit lang, bis sie den Deckel abbekamen. Dann war er ab, und sie blickten erwartungsvoll hinein. Die Kiste war aber voller Butterschmalz. Butterschmalz in Stücken zu je einem halben Pfund, einzeln sauber abgepackt und aufgestapelt. Zuerst standen sie alle eine Weile sprachlos da. Dann ging die Liesel um die Kiste herum und fand an der Seite einen Zettel aufgeklebt, auf dem stand, dass es sich bei dem Inhalt dieser Kiste um Butterschmalz handelte, 144 Stück genau, ein Gros also, zwölf mal zwölf, das wusste sie, denn sie hatte als junges Mädchen eine Zeit lang in einer Seifenfabrik gearbeitet. „Ja, leck mich doch am Arsch", sagte sie, und dann noch einmal, mit einem Kopfschütteln: „Ja, leck mich doch am Arsch."

Als nächstes schürte sie den Herd an. Sie machte Bratkartoffeln und Spiegelei dazu und sparte dabei nicht am Schmalz. Am Ende waren sie übersatt und ein bisschen grün im Gesicht vor Übelkeit. Außerdem waren die Eier alle. Da wuchs die Wut der Liesel im Vergleich zu vor dem Raubzug noch einmal an. In der Nacht kamen auch noch Gewissensbisse dazu und gegen Morgengrauen die Angst, dass man den Diebstahl entdecken und sie als Volksfeindin, wie man das damals nannte, ins Gefängnis stecken würde. Im Geiste sah sie sich mit geschorenem Kopf in gestreifter Gefängniskleidung mit anderen Verbrecherinnen in einem finsteren Hof im Kreis marschieren. Das durfte nicht geschehen. Was würde dann aus ihren Kindern?

Also ging sie nach oben, warf ihre Kinder aus den Betten und befahl ihnen sich anziehen und mit ihr zu kommen.

„Was ist denn los?" fragte der Schorsch. „Was hast du vor?"

Die Liesel stemmte die Hände in die Hüften und sah ihre Kinder entschlossen an. „Wir müssen das verdammte Butterschmalz verschwinden lassen", sagte sie. Und der Schorsch, der mit mir die Schulbank gedrückt hat, erzählte mir später, es habe sich in dem Moment sehr vernünftig angehört.

Die beiden Jungen mussten im Garten ein Loch graben, da hinein sollte die Kiste. Während sie sich an die Arbeit machten, nagelte die Liesel die Kiste ordentlich zu, und die Maria, ihre Tochter, stand dabei und weinte, hauptsächlich weil sie müde war.

Gerade aber als die Kiste wieder fest verschlossen war, klopfte jemand energisch an die Haustür. Geistesgegenwärtig zog die Liesel eine Tischdecke aus einer Schublade hervor und warf sie darüber. Nachdem sie einen festen, bedeutungsvollen Blick auf ihre Tochter geworfen hatte, ging sie zur Tür.

Es war der Bürgermeister, Hermann Tremel, und er trug seine SA-Uniform, wie so oft, wenn er in einer offiziellen Sache unterwegs war. „Guten Morgen, Liesel", sagte er. „Ich hörte, dass vorgestern eine Bombe ganz in der Nähe heruntergekommen ist, und wollte mal nach euch schauen." Er nickte hinüber zu dem Loch, an dem der Schorsch und der Fritz noch immer arbeiteten. „Was wird denn das?" fragte er.

„Wir müssen unser Scheißhaus umsetzen", sagte die Liesel ohne mit der Wimper zu zucken. „Das alte Loch ist schon ganz vollgekackt."

„Aber so nah ans Haus?" fragte der Bürgermeister.

„Ist nicht so weit zum Laufen", gab die Liesel zurück. Um eine Antwort war sie nie verlegen.

Hermann Tremel nickte. „Geht mich ja nichts an", sagte er. „Lässt du mich rein? Es ist ganz schön kalt."

Ohne mit der Wimper zu zucken ließ die Liesel ihn herein. Sie musste ihn in die Küche bitten, denn die Küche war der einzige geheizte Raum im Haus, und alles andere wäre verdächtig gewesen. Sie zog ihm den einzigen Stuhl hin.

„Nicht doch", sagte Hermann Tremel. „Ich setz mich dahin." Er meinte die Kiste mit dem Butterschmalz. „Habt ihr was abgekriegt?" fragte er.

Jetzt wurde es der Liesel doch ein bisschen warm. „Was meinst du?"

„Na, die Bombe!"

„Ach so." Die Liesel atmete innerlich auf. „Wir selbst nicht, nur das Haus." Sie zeigte auf die Fenster, die in der Küche allerdings frisch verglast waren. „Alles kaputt gegangen. Mein Vater ist vorbeigekommen und hat neue Scheiben eingesetzt, aber die meisten Fenster sind jetzt vernagelt. Nicht genug Glas."

Hermann Tremel nickte. Dann kratzte er sich am Kopf. „Ich habe ein bisschen was übrig", sagte er, „das kann ich dir morgen vorbeibringen. Dein Vater hilft dir bestimmt, es einzusetzen."

Als Hermann Tremel, der Bürgermeister, weg war, schaute ihm die Liesel vom Küchenfenster aus nach, bis sie ihn nicht mehr sehen konnte. Dann ging sie hinaus zu ihren Söhnen und sah sich das Loch an.

„Wir sind fast fertig", sagte der Schorsch.

„Das muss noch tiefer werden", sagte die Liesel. Sie deutete mit dem Daumen hinter sich, in die Richtung, in die der Bürgermeister gegangen war. „Er hat das Loch gesehen. Ihr müsst das Scheißhaus hier hinstellen. Und dann müsst ihr in den Wald, ein neues Loch graben."

Die Jungen stöhnten. „Wir haben das Scheißhaus doch erst kurz vor Weihnachten versetzt", klagte der Fritz. „Und so nah ans Haus?"

„Na ja", sagte die Liesel. „Er kommt bald wieder und bringt Fensterglas für uns. Ich habe ihm gesagt, dass das Loch für das Scheißhaus ist. Wenn wir es nicht dort hintun, wird er bestimmt misstrauisch."

Am Abend, als es gerade noch hell war, schleppten sie die Kiste in den Wald und vergruben sie, und damit war die Sache eigentlich erledigt, denn niemand kam je auf den Gedanken, die Kiste mit dem Butterschmalz bei der Liesel zu suchen, und außerdem war ein paar Wochen danach der Krieg vorbei und kein Hahn krähte mehr nach der verschwundenen Fracht. Aber die Liesel Schmidts dachten noch eine ganze Zeit lang daran, und zwar immer dann wenn der Wind aus Osten kam und den Geruch des Scheißhauses durch die schlechten Fenster des Bahnwärterhäuschens drückte.

Ein gefährliches Geheimnis

Das sage ich für die Städter unter euch: Bauer ist nicht gleich Bauer. In meiner Kindheit, da gab es bei uns im Dorf ein paar arme Bauern, die als Gütler bezeichnet wurden, was vornehm klingen sollte. Sie hatten aber eben nur ein Gütlein, ein kleines Gut also, einen winzig kleinen Bauernhof mit ganz wenig Land. Dann gab es die große Menge der gewöhnlichen Bauern, die weder arm noch reich waren. Und natürlich gab es auch eine kleine bäuerliche Oberschicht, Familien, die in großen, manchmal herrschaftlichen Häusern lebten, Bauern, die am Sonntag dicke, goldene Uhrketten auf ihren runden Bäuchen trugen, Zigarren rauchten und viele Bedienstete hatten. Sie wurden Rösslesbauern genannt, weil sie es sich leisten konnten, zum Pflügen ein Pferd oder gar ein Paar Pferde vorzuspannen. Ein solcher Bauer war Leonhard Weiß, genannt der Weißen Leonhard. Er war ein harter, unnachgiebiger Mann, ebenso stolz wie streng. Er besaß drei Söhne, schöne, gut gewachsene Burschen, die ihm aufs Wort folgten, und wenn nicht, dann hatte ihre Mutter Lina alle Hände voll zu tun ihren Mann zu besänftigen, denn sein Zorn konnte, wie es bei solchen Leuten oft ist, schrecklich sein. Man erzählt sich heute noch, wie der Hans, der älteste, im allgemeinen ein fröhlicher und selbstbewusster junger Mann von damals siebzehn Jahren, einmal, als er im Sommer 1934 mit seinen Freunden im Weiher badete, plötzlich in Tränen ausbrach. Er hatte nämlich die Kirchturmuhr Sieben schlagen hören, und um Sieben hätte er schon zu Hause sein müssen. Ja, ein harter und strenger Mann war der Weißen Leonhard.

Doch dann geschah etwas, was ihn veränderte: Seine Frau wurde erneut und unerwartet schwanger und gebar ihm noch ein spätes Kind, einen Nachzügler, einen zarten, etwas kränklichen Jungen, den er Daniel nannte. Der Daniel war anders als seine älteren Söhne, schmaler und schwächer, dafür aber wissbegierig und klug, und er ging später, als er alt genug war, aufs Gymnasium, studierte die Juristerei und wurde Richter am Landgericht. Aber das ist eine andere Geschichte.

1945, im Frühjahr, war der Junge gerade erst zehn Jahre alt. Der Krieg näherte sich seinem Ende, was jeder wusste und wünschte, nur die Parteibonzen nicht. Sie sprachen immer noch vom Endsieg, als wäre nicht alles schon längst verloren. In diesem Frühjahr, Anfang März, kam ein Sturm auf, der Ziegel von den Dächern riss und Bäume umwarf. Er begann am frühen Abend und tobte bis spät in die Nacht hinein. Am Morgen danach, in aller Frühe, kamen die Leute aus ihren Häusern, besahen die Schäden und begannen mit dem Aufräumen. Während sein zweitjüngster Sohn mit den Knechten die Dächer des Wohnhauses und der Ställe und der Scheunen richtete, spannte der Weißen Leonhard höchstselbst ein Pferd vor seinen Lastkarren, nahm die Säge mit und die Axt und ein kleines Handbeil und fuhr hinaus in seinen Wald, um zu sehen, was der Sturm dort angerichtet haben mochte.

Es war aber nicht gar so schlimm; nur hier und da ein umgeworfener Baum, nichts, was man nicht in drei oder vier Tagen würde in Ordnung bringen können. Über den Weg allerdings lag ein Baum, den der Weißen Leonhard sofort klein zu schneiden und fortzubringen gedachte, um später am Tag oder am Tag danach ungehindert in den Wald einfahren zu können. Er stieg also ab, spuckte in die Hände, ergriff die Axt und war eben im Begriff, die Äste des

Baumes abzuschlagen, als er im Gebüsch das bleiche Gesicht eines jungen Mannes in Grün sah und erschrak. Er ließ die Axt sinken. „Wer bist denn du", fragte er, „und was machst du da?"

Der junge Mann schien verängstigt zu sein. Er antwortete nicht und machte keine Anstalten aus dem Gebüsch heraus zu kommen.

„Rede gefälligst, wenn du gefragt wirst", verlangte der Weißen Leonhard streng. „Und komm da raus, damit ich dich richtig sehen kann."

Der junge Mann rappelte sich auf und kam heraus, sagte aber weiterhin kein Wort. Der Weißen Leonhard war erstaunt zu sehen, dass der Bursche eine Wehrmachtsuniform trug, denn er war mehr Junge als Mann und hätte sogar als Konfirmand durchgehen können. Er war völlig durchnässt und musste die Nacht im Freien verbracht haben.

Der Weißen Leonhard hatte schon gehört, dass sie jetzt sogar minderjährige Jungen in Uniformen steckten und in den Krieg schickten, der bereits verloren war, und dachte gleich, das müsse einer von ihnen sein. „Was ist mir dir?" sprach er ihn forsch an. „Hast du dich verlaufen — oder bist du abgehauen?"

Da brach der Junge in Tränen aus, und der Weißen Leonhard verstand, dass er einen Deserteur vor sich hatte, einen Fahnenflüchtigen. Er wusste, dass man ihn erschießen würde, wenn man ihn erwischte, und er war zutiefst gerührt von den Tränen des jungen Mannes, denn er war — wie gesagt — über der Zartheit und Zerbrechlichkeit seines jüngsten Sohnes selbst ein wenig zart und zerbrechlich geworden.

Als der junge Mann sich ausgeweint hatte, forderte er ihn auf, seine Geschichte zu erzählen. „Ich bin", sagte dieser mit einer hellen Stimme, „vor zwei Wochen ungefähr eingezogen worden, in der Nähe von Nürnberg. Meine Mutter war untröstlich, denn ich habe keine Geschwister. Wir, also die anderen Jungen und ich, wurden mit dem Zug bis Ansbach gebracht und gingen von dort, weil der Bahnhof zerstört war, zu Fuß weiter Richtung Westen. In der Nacht, als wir am Rand eines Waldes rasteten, sollte ich Wache halten. Als aber alle schliefen, ging ich in den Wald hinein. Ich ging die ganze Nacht. Als es Tag wurde, versteckte ich mich in den Büschen, und als es wieder Nacht wurde, ging ich weiter. Dann kam der Sturm, und ich dachte, ich müsste sterben. Aber ich bin nicht gestorben. Bitte, verraten Sie mich nicht. Wenn es dunkel wird, gehe ich weiter. Vielleicht schaffe ich es, bis die Amerikaner kommen."

Der Weißen Leonhard sah den jungen Mann an. „Du bist völlig durchnässt, du holst dir den Tod. Und wer weiß, wann die Amerikaner kommen? Sie werden wohl kommen, aber so schnell nun auch wieder nicht." Er dachte nach. „Du wirst mir jetzt helfen", sagte er dann, „diesen Baum hier klein zu machen. Dann legen wir die Teile auf den Wagen, und du legst dich dazu. Ich decke dich mit Ästen zu. Deine Uniform ist grün, niemand wird dich sehen. Ich bringe dich zu mir nach Hause. Sie sind alle beschäftigt im Augenblick, wegen dem Sturm. Ich verstecke dich bei mir, bis alles vorbei ist. Dann gehst du nach Hause zu deiner Mutter."

Der junge Mann wollte wieder anfangen zu weinen, aber es war immer noch etwas Härte und Strenge im Weißen Leonhard, und er gab ihm eine Trumm Schell'n und herrschte ihn an, mit dem Weinen aufzuhören und ihm zu helfen.

Zwei Stunden später lenkte er den Wagen zurück ins Dorf, und es war, wie er gesagt hatte: Niemand merkte etwas, und bald darauf hatte der Weißen Leonhard den jungen Mann in einer entfernten

Dachkammer versteckt. Er brachte ihm Kleider, die er früher einmal selbst getragen hatte, als er noch ein wenig schlanker gewesen war, und nahm die Sachen des jungen Mannes, seine Uniform, seinen Gürtel, seine Erkennungsmarke und sein Gewehr an sich. Die Kleider verbrannte er sofort im Ofen seines Schreibzimmers, die Gürtelschnalle aber, die Marke und das Gewehr versteckte er, und zwar so gut, dass er sie später selbst nicht mehr wiederfand. In der Nacht, im Bett liegend, erzählte er seiner Frau im Flüsterton, was er getan hatte, bat sie um Verzeihung, dass er sich und womöglich die ganze Familie in Gefahr gebracht hatte und schärfte ihr ein, keiner Menschenseele etwas zu erzählen. Er glaubte, sie würde böse sein, aber sie sagte, als er zu Ende erzählt hatte: „Das hast du gut gemacht." Und da wusste er auch, dass er das Richtige getan hatte.

Sie brachten dem jungen Mann Essen und Trinken, heimlich natürlich, und warteten auf das Ende des Krieges, das nahe schien, aber leider so nahe nicht war. Sie hatten jeden einzelnen Tag Angst um ihre beiden ältesten Söhne, die im Krieg waren, und jetzt eben auch noch davor, dass ihr Geheimnis entdeckt würde. Der Weißen Leonhard verlor vor lauter Sorgen so viel Gewicht, dass er seine alten Kleider wieder herausholen musste, weil die neuen an ihm lächerlich auszusehen begannen. Die Lina, seine Frau, sonst wenig eitel, besah sich täglich im Spiegel, weil sie an jedem Morgen meinte, ihr Haar müsse über Nacht grau geworden sein.

So vergingen acht Wochen. Eines Morgens aber, als sie aus dem Fenster sahen, standen grüne Wehrmachtslastkraftwägen um die Kirche herum. Über Nacht war nämlich eine Abteilung Pioniere gekommen, um das Dorf — wie sie sagten — zu sichern: Sie sprengten die jahrhundertealte Brücke über den nahen Fluss und verminten die Straßen, um den Vormarsch der Amerikaner aufzuhalten.

Der Weißen Leonhard schwitzte Blut und Wasser, so lange die Pioniere da waren. Er behauptete, er habe sich eine Erkältung eingefangen und legte sich ins Bett, mit einer Flasche Birnenschnaps zum Trost und zur Beruhigung. Am nächsten Morgen hatte er Kopfweh, aber die Wehrmachtssoldaten waren fort; sie waren über Nacht, wie sie gekommen waren, wieder abgezogen.

Kurz darauf geschah etwas Schlimmes : Ein junger Mann, der ein paar Tage bei seinen Großeltern in einem benachbarten Weiler verbracht hatte, trat auf seinem Heimweg gleich vor dem Dorf auf eine Mine und wurde buchstäblich in Stücke gerissen. Karl Friedrich Uhl, genannt der Uhlen Schmied, hatte zugesehen, wie sie an der Stelle die Minen gelegt hatten. Er schickte seinen Sohn Karl Heinz nach einem Kartoffelsack und ging mit einem grimmigen Lächeln hin, um die Leichenteile einzusammeln. Als er zurückkam, zogen die Männer ihre Hüte vor ihm, sogar der Herr Lehrer.

Der Weißen Leonhard, der das auch mit angesehen hatte, sagte auf dem Heimweg zu seinem Nachbarn, dem damaligen Bürgermeister Hermann Tremel: „Du musst etwas tun dagegen, bevor noch jemand zu Tode kommt!"

Hermann Tremel breitete die Arme aus: „Was soll ich denn tun? Ich würde die saudummen Minen ja mit meinen eigenen Händen abräumen, aber ich weiß nicht wie."

Und da machte der Weißen Leonhard einen Fehler. Ihm kam nämlich der Gedanke, sein heimlicher Hausgast könnte womöglich wissen, wie man es machte. Irgendetwas, dachte er, mussten sie ihm ja beigebracht haben. Also sagte er in einem nachdenklichen Ton: „Vielleicht hätt' ich da jemanden."

„Was meinst du denn", fragte Hermann Tremel, „damit?" Und dann fiel ihm ein, was der Weißen Leonhard damit gemeint haben könnte, denn er hatte auch schon gehört von Soldaten oder Wehrmachtsangehörigen, wie man das nannte, die fahnenflüchtig geworden waren. Er blieb stehen und sah den Weißen Leonhard misstrauisch an. „Was", wiederholte er, „meinst du damit?"

Der Weißen Leonhard merkte, dass er zuviel gesagt hatte. Es wurde ihm innerlich heiß und kalt. Aber er war als großer Bauer auch ein erfahrener Geschäftsmann. Er setzte ein breites Lächeln auf und sah dem Bürgermeister direkt in die Augen. „Ach, gar nichts." Er ging weiter als wäre nichts. Plötzlich fiel ihm ein, dass Otmar Bach, der Lehrer, ein Weltkriegsveteran war. „Ich habe", sagte er, „nur kurz an unseren Herrn Lehrer gedacht, weil er doch im Krieg war; aber das ist ja viele Jahre her und macht darum keinen Sinn."

Hermann Tremel nickte. „Ich habe gehört", sagte er bedächtig, „dass nicht weit von hier ein Mann einen flüchtigen Soldaten versteckt hat. Seine Nachbarn haben es aber bemerkt und ihn angezeigt. Da hat man sie beide abgeholt. Weißt du, wie man solche Leute nennt, die flüchtige Soldaten verstecken?"

Der Weißen Leonhard wusste nicht, wie man solche Leute nannte, und die Frage hing gewissermaßen bedrohlich in der Luft, als die Frau des Bürgermeisters, vor dessen Haus sie mittlerweile angekommen waren, den Kopf zum Fenster herausstreckte und schrie, er solle jetzt gefälligst gleich zum Essen kommen, sie würde sonst ungemütlich.

Auch der Weißen Leonhard ging nach Hause, wo er sich wiederum krank ins Bett legte, diesmal mit einer Flasche Zwetschger. Die nächsten vierzehn Tage waren schlimm, doch der Krieg war vorbei, ehe der Schnaps in seinem Keller alle war, und in der Nacht vom 9. auf den 10. Mai ging der junge Mann, nachdem er den Weißen Leonhard und seine Frau Lina herzlich umarmt hatte, in die Dunkelheit hinaus. Der Weißen Leonhhard hatte entschieden, dass es das Beste wäre, wenn diese ganze Geschichte ihr Geheimnis bliebe, denn er wollte seinen Nachbarn nicht brüskieren. Er war, wie gesagt, auf seine alten Tage weich geworden. Er sah den jungen Mann nie wieder, aber er bekam so lange er lebte und noch eine Zeit lang darüber hinaus jedes Jahr im März eine Postkarte, auf dem nur das Wort „DANKE", stand, genau so, in Großbuchstaben, kein Name sonst, kein Absender, nichts. Der Weißen Leonhard selbst hat über all das nie gesprochen, aber seine Frau Lina hat es mir auf ihrem Sterbebett erzählt, und ich erzähle es euch weiter, damit es nicht vergessen wird.

Angebot und Nachfrage

D er Held meiner nächsten Geschichte heißt Willi. In Wirklichkeit heißt er anders, aber ich habe ihm versprochen, seinen richtigen Namen nicht zu nennen und auch nicht den der anderen, nur der Rosenbauer ist der Rosenbauer, und der Bürgermeister ist natürlich auch er selbst. Wie auch immer, Willi, wie ich ihn nenne, war in seiner Jugend ein gutaussehender, handsamer junger Mann, dem es mit dem weiblichen Geschlecht so erging wie ansonsten den sehr hübschen Mädchen mit dem männlichen: Sie sahen ihm mehr oder weniger verstohlen hinterher und erröteten, wenn er sich zufällig umdrehte und es bemerkte.

Der Willi war damals, Mitte April 1945, siebzehn Jahre alt, und zu der Zeit wurden, auf den letzten Drücker sozusagen, die, die bis dahin als zu jung oder als zu alt gegolten hatten, zum sogenannten Volkssturm eingezogen um für das deutsche Vaterland erschossen oder in die Luft gesprengt zu werden. Seine fürsorgliche Mutter hatte ihrem Sohn daher streng verboten, sich draußen sehen zu lassen, und ihn besonders ermahnt, sich zu verstecken und mucksmäuschenstill zu sein, wenn irgendjemand an die Haustür käme. Sie war nämlich eine verständige Person, die die Nachrichten im Radio zwar aufmerksam verfolgte, aber nicht alles von dem, was sie da hörte, auch glaubte.

An einem Tag also Mitte April, erschien der Bürgermeister, Hermann Tremel, in seiner SA-Uniform, wie meistens, wenn er in Ausübung seines Amtes unterwegs war, und teilte dem Willi seiner Mutter mit, dass ihr Sohn die Ehre habe, seinem Vaterland im Volkssturm dienen zu dürfen, und wann und wo er sich zu diesem Behufe einzufinden habe. „Ist er denn da", fragte Hermann Tremel, „dass ich es ihm gleich selbst sage?"

„Leider nicht", antwortete die Mutter und senkte die Augen, als schäme sie sich; „ich habe ihn den ganzen Morgen noch nicht gesehen und weiß auch nicht, wo er sich aufhält."

Hermann Tremel runzelte die Stirn und spähte misstrauisch über ihre Schulter, wo er allerdings nicht viel sah, jedenfalls nicht den Willi. Der saß nämlich oben auf dem Treppenabsatz und spitzte die Ohren. „Na ja", sagte der Bürgermeister dann und überreichte ihr einen Umschlag. „Gib ihm das, sofort, wenn er wieder da ist, und" - er versuchte streng auszusehen - „sag ihm, dass er diesem Befehl unbedingt folgen muss, wenn er nicht am Galgen enden oder erschossen werden will."

Die Mutter sah dem Bürgermeister verstohlen nach, als er ging, und rief, als sie sich sicher war, dass er fort war, ihren Sohn zu sich.

„Du musst", sagte sie, „heute Abend, sobald es dunkel wird, fort. Nimm etwas zu essen mit und verstecke dich, wo immer du kannst, dass man dich nicht sieht oder findet! Denn wenn sie dich erwischen, bringen sie dich gleich um oder sie schicken dich in den Krieg, damit du dort umgebracht wirst."

Der Willi nickte nur und machte sich sogleich daran, sein Bündel zu schnüren, und als es dunkel war, gab seine Mutter ihm einen Kuss, löschte das Licht und ließ ihn durch die Hintertür in die Nacht hinaus.

Zuerst strich der Willi ein oder zwei Stunden frierend über die Wiesen und Felder, die das Dorf umgaben, ohne recht zu wissen, wo er hin sollte. Doch dann fiel ihm ein, dass der Rosenbauer, der mit den Nationalsozialisten nicht viel am Hut hatte, einen geräumigen Kuhstall mit einem großen Heuboden

darüber besaß, wo es höchstwahrscheinlich angenehm warm war, der Kühe wegen; dort würde er
sich verstecken können, denn wenn der Rosenbauer
ihn bemerkte, dann würde er ihn doch nicht verraten.

Der Rosenbauer, das muss man an der Stelle sagen,
war ein kleines, spindeldürres Männlein von enor-
mer Kraft und Ausdauer. Er züchtete in der was-
weiß-ich-wievielten Generation Schafe, aber es sah
so aus, als ob die Familie mit ihm aussterben würde,
denn er war bereits mittleren Alters und lebte noch
immer alleine. Frauen waren ihm, na ja, nicht direkt
zuwider. Sie waren ihm eher unheimlich. Zwei
Mädchen oder junge Frauen aus dem Dorf führten
ihm den Haushalt und halfen ihm mit dem Vieh,
aber er duldete sie, obwohl er reichlich Platz gehabt
hätte, auch nicht für eine Nacht unter seinem
Dach: Sobald das Abendessen vorüber war, mussten
sie zu ihren Familien nach Hause gehen. Er war jedoch kein schlechter Kerl, sondern im Gegenteil
allen gegenüber verständnisvoll und mitfühlend,
und es ist nicht bekannt, dass er je mit irgendje-
mandem Streit gehabt hätte, außer vielleicht mit
dem Herrn Lehrer, aber das ist eine andere Geschichte.

Zum Anwesen des Rosenbauers lenkte der Willi nun seine Schritte, betrat den Stall durch eine kleine Nebentür und tastete sich in der Dunkelheit über die schmale Stiege nach oben, wo er sich im Heu ein Bett machte und müde niederlegte. Doch kaum dass er die Augen geschlossen hatte, hörte er, wie das Tor aufgeschwungen wurde. Er richtete sich leise auf und sah das flackernde Licht einer Laterne unter sich.

„Wer ist da?" hörte er den Rosenbauer fragen. „Wer du auch bist — komm raus, oder ich lasse den Hund los!"

Der Hund des Rosenbauers war bekanntermaßen fast so sanft wie der Rosenbauer selbst, aber er würde trotzdem bellen, wenn der Rosenbauer ihn los ließe, und es würde dem Rosenbauer und ihm selbst Zeit, Mühe und Verdruss ersparen, wenn er sich gleich zeigte. Also stand der Willi auf, trat ans Geländer und rief: „Ich bin es nur, der Willi. Die Mutter hat gesagt, ich darf mich nicht sehen lassen, sonst muss ich in den Krieg. Darum bin ich jetzt hier."

Der Rosenbauer war überrascht, fing sich aber schnell und sagte bestimmt: „Dann darfst du hier bleiben, ich verrate dich nicht." Er kratzte sich am

Kopf und fuhr dann fort: „Du könntest mir aber einen Gefallen tun. Die Mädchen, die für mich arbeiten, gehen nach dem Abendessen nach Hause und ich sitze alleine herum. Komm doch mit hinüber und spiele mit mir eine Runde Mensch-ärgere-Dich-nicht! Wenn du willst, kannst du auch ein Glas von meinem selbstgemachten Schlehenwein haben, denn ich trinke nicht gern alleine."

Der Willi war natürlich einverstanden, und hatte vor allen Dingen nichts dagegen, den Schlehenwein des Rosenbauers zu versuchen, denn bei ihm zu Hause gab es so etwas nicht. Er ging also gleich mit hinüber ins Haus, um die erste Runde Mensch-ärgere-Dich-nicht zu spielen und das erste Glas zu trinken. Danach gab ihm der Rosenbauer noch etwas Brot und Käse mit und einen Krug mit Wasser und einen Becher dazu. Hochzufrieden und leicht betüdelt kehrte der Willi auf seinen Heuboden zurück. Dort musste er nun allerdings die restliche Nacht und den ganzen Tag aushalten, was ihm sehr langweilig wurde, aber immerhin war er in Sicherheit und hatte die Aussicht auf einen guten Schluck Schlehenwein am Abend.

Drei oder vier Tage ging alles wie gedacht, doch dann entdeckte ihn leider eines der Mädchen, die beim Rosenbauer arbeiteten. Dieses Mädchen nenne ich einfach nur Lina, und ihr müsst sie euch als eine eher üppige junge Frau vorstellen. Sie hatte insbesondere ein gewaltiges Hinterteil, vor dem sich der Willi schon immer ein bisschen gefürchtet hatte und deswegen stets respektvoll einen Schritt zur Seite trat, wenn ihm die Lina begegnete. Sie stand nun eines Morgens, als der Willi aus dem Schlaf hochschrak, mit großen Augen neben ihm und fragte: „Was machst denn du da?"

Nachdem der Willi sich von seinem Schreck erholt hatte, erklärte er ihr, warum er sich versteckte, und bat sie inständig, ihn nicht zu verraten. Die Lina hielt ohnehin nicht viel vom Vaterland, aber umso mehr vom Willi: Wenn sie ihn auf der Straße oder sonstwo sah, pflegte sie ihn ohne zu zwinkern und ohne Scheu gierig anzustarren. Dem Willi war diese Art der Betrachtung nicht angenehm, aber er hatte, wie gesagt, Angst vor der Lina beziehungsweise vor ihrem Hinterteil, darum sagte er nichts.

Die Lina erzählte natürlich keiner Menschenseele etwas von ihrer Entdeckung, aber sie machte sich doch so ihre Gedanken, und als der Willi in der folgenden Nacht von der Schlehenweinverkostung zurückkam, lag sie schon in seinem Bett aus Heu und erwartete ihn. Das wusste er freilich nicht. Und so tastete er sich, da er keine Lampe benutzen durfte, im Dunkeln nach oben und war eben im Begriff, sich in seine Schlafkuhle fallen zu lassen, als sie ihm zuflüsterte: „Erschrick nicht!“

Natürlich erschrak der Willi erst recht, hatte aber doch die Geistesgegenwart, nicht zu schreien. „Verreck!“ zischte er. „Lina — bist du das?“

Die Lina ließ sich nicht aus der Ruhe bringen. „Ja, ich bin's“, flüsterte sie. „Ich wollte mit dir zusammensein.“

„Mensch, Lina!“ schimpfte der Willi. „Du hast mich zu Tode erschreckt! Was soll denn das?“ Es entstand eine kurze Pause. „Herrgott nochmal, Lina, du hast ja gar nichts an! Wo sind denn deine Kleider? Um Himmels Willen, geh und lass mich!“

Heu raschelte, Füße platschten auf den Boden. Das Tor knarrte. Der Willi ließ sich ins Heu fallen, schnaufte aus und sagte noch einmal, diesmal zu sich selbst: „Herrgott nochmal, was denkt die sich nur!“

„Ich bin noch da“, klang es vorwurfsvoll von unten herauf. „Ich kann dich hören!“

„Jetzt geh endlich“, stöhnte der Willi. „Geh! Lass mich!“

„Na gut." Das Tor knarrte erneut, schloss sich und wurde verriegelt. Der Willi sank erleichtert zurück ins Heu.

Als er in der nächsten Nacht nach seinem Besuch beim Rosenbauer auf den Heuboden kletterte, war er sozusagen vorbereitet. „Lina", fragte er leise ins Dunkel hinein. „Bist du schon wieder da?"

„Ja", kam die Antwort, und das Heu raschelte.

„Um Himmels willen, Lina", seufzte der Willi, „was soll denn das?"

Es kam keine Antwort.

„Lina", sagte der Willi, „bist du angezogen?"

„Nein", kam die Antwort, und das Heu raschelte wieder.

„Lina", schluchzte der Willi, „geh doch bitte und lass mich in Ruhe."

„Findest du mich denn gar nicht hübsch?" fragte die Lina.

Jetzt muss man sagen, dass die Lina, wie der Willi fand, ein sehr schönes Gesicht hatte, volles, blondes Haar, das sich leicht lockte, und die blausten Augen von der Welt. Aber er konnte einfach seine Angst vor ihrem Hinterteil nicht überwinden. Er antwortete dennoch wahrheitsgemäß: „Doch, doch. Ich finde dich schon hübsch. Ich will bloß nicht —"

Doch da griffen schon Hände aus der Dunkelheit nach ihm und zogen ihn hinunter ins Heu. Etwas Warmes, Weiches und dabei erstaunlich Schweres wälzte sich auf ihn, und der Willi dachte, o je, das ist ihr Hintern. Gegen den komme ich nicht an. „Lina!" ächzte er, während sie sein Gesicht mit Küssen bedeckte. „Lina! Jetzt geh runter von mir! Lina! Ich will nicht! Lass mich los! Lina!"

Endlich ließ sie von ihm ab. „Willst du wirklich nicht?"

„Denk doch mal nach, Lina", sagte der Willi. „Ich verstecke mich hier, damit ich nicht in den Krieg muss. Wenn sie mich finden, dann erschießen sie mich wahrscheinlich gleich —"

„Eben deshalb dachte ich ja", unterbrach ihn die Lina.

Der Willi seufzte. „Vielleicht, wenn alles vorbei ist", sagte er dann, dachte aber insgeheim: Im Leben nicht.

„Na gut", seufzte nun auch die Lina und stand auf. „Ich lass dich in Ruhe. Gute Nacht, und hoffentlich ist der Krieg bald aus."

Ich kann die Lina verstehen. Sie war ja sozusagen verlobt gewesen, aber ihr Verlobter, der drei oder vier Jahre älter gewesen war als sie, war im Krieg verschollen, und das war nicht der einzige aus dem Dorf, von dem man dachte oder ahnte, dass er nicht mehr wiederkommen würde. Da bekam die Lina eben Angst, dass für sie kein Mann übrig bleiben würde, und als sich die Gelegenheit ergab, beschloss sie, etwas zu unternehmen. Sie konnte ja nicht wissen, dass der Willi etwas dagegen haben würde.

Wie auch immer, der Willi war froh, dieses Abenteuer glücklich überstanden zu haben, und als ein Mann von Ehre nahm er sich vor, für immer über diese beiden Nächte auf dem Heuboden des Rosenbauers zu schweigen. Doch als er in der folgenden Nacht die Stiege hinaufkletterte, meinte er es doch wieder rascheln zu hören im Heu.

„Lina, bist du's schon wieder?" fragte er.

„Nein", antwortete eine überraschte Mädchenstimme. „Wieso? Ich bin die Leni." Die Leni war das andere Mädchen, das für den Rosenbauer arbeitete, bei weitem nicht so üppig wie die Lina, aber genauso entschlossen wie diese: „Ich habe überhaupt nichts an", sagte sie, „und wenn du herkommst, dann wirst du staunen, was ich alles mit dir mache."

Der Willi schrie auch diesmal nicht, aber es hätte nicht viel gefehlt. Stattdessen drehte er sich um, schlich in die Nacht hinaus und suchte sich ein anderes Versteck.

Das war seine Geschichte, und wenn sie nicht wahr ist, dann ist sie wenigstens gut erfunden.

Der Tag des Pfarrers

Es war nämlich so: Als die Pioniere, die die Ortseingänge vermint hatten, abgezogen waren, blieben drei Funker zurück, ein Unteroffizier oder was das war und seine beiden Untergebenen, und richteten auf dem Kirchturm eine Funkstation ein. Im Hof des Pfarrhauses stand ihr Wagen und sie nächtigten beim Nachbarn in der Scheune, denn das Pfarrhaus war mit Flüchtlingen aus dem Sudetenland voll belegt. Im Radio wurde von den Alliierten durchgegeben, dass man weiße Fahnen an die Kirchtürme hängen solle, sonst würde alles zusammengeschossen. Das durfte man natürlich nicht gehört haben, denn wer den sogenannten Feindfunk hörte, war ein Volksverräter, aber unser damaliger Herr Pfarrer, Rudolf Kolb war sein Name, hatte es trotzdem gehört. Er hatte das Radio so leise gestellt, wie es nur ging, damit auch niemand, der vielleicht vor der Tür oder vor dem Fenster stand, es mitbekam, und damit er selbst überhaupt noch was hörte, hockte er dicht davor

und presste sein Ohr dagegen, als wollte er hinein-
kriechen.

Offensichtlich hatte er nun auch das mit der weißen Fahne gehört, denn bald darauf, als man in der
Ferne schon den Donner der Geschütze hörte, die
Funker aber immer noch auf dem Kirchturm die
Stellung hielten, ging er, wie der Nachbar später
erzählte, in den Hof hinaus, zog die Kabel, die vom
Wagen der Funker hinauf auf den Kirchturm führten, ab und wartete dann neben der Kirchturmtür,
bis die Männer herauskamen, um nachzusehen, ob
etwas kaputtgegangen war. Als sie aber draußen waren, ging er selbst hinein, verschloss und verriegelte
die Tür sorgfältig von innen, kletterte die Treppen
und Leitern hoch bis zur Glockenstube und setzte
dort ein mitgebrachtes Bettlaken als weiße Fahne
aus.

Als die Funker das merkten, wurden sie natürlich
fuchsteufelswild und trommelten mit den Fäusten
gegen die Tür und rüttelten daran, aber die Tür war
uralt und aus massiver Eiche und mit Eisen be-
schlagen, so dass sie nicht hineinkamen. Der Unteroffizier vor allem regte sich maßlos auf und
schrie herum und tobte, dass das ganze Dorf zu-
sammenlief, um zu sehen, was geschehen war.

„Aufmachen!" brüllte er. „Aufmachen!"

Als aber nichts geschah, fing er an, nachzudenken und schickte zuletzt einen seiner Untergebenen zum Pfarrhaus, um nach dem Schlüssel zu fragen. Der Untergebene kam nach kürzester Zeit wieder und meldete, die Küchenmagd habe gesagt, der Pfarrer wäre nicht zu Hause und seine Schlüssel wären auch alle weg. Da dämmerte es dem Unteroffizier, dass es der Herr Pfarrer höchstselbst war, der den Kirchturm verschlossen hatte und er schrie: „Dieser verfluchte Pfaffe!"

Das hörten wir nicht gern, denn auch wenn unser Herr Pfarrer ein gestrenger und, na ja, eigensinniger Mann war, so war er doch unser Herr Pfarrer und hatte somit einen gewissen Respekt verdient. Auch der Herr Pfarrer selbst schien es gehört zu haben, denn er streckte oben seinen Kopf aus dem Fenster und fragte, ob ihn jemand gerufen hätte.

Da wurde der Unteroffizier wenn möglich noch ein bisschen roter als er sowieso schon war und brüllte: „Sie — Sie!"

Mein Freund Georg stupste mich an und bemerkte: „Der ist so wütend, der weiß nicht einmal, wie er sagen soll, der Kasper!"

Der Unteroffizier schrie: „Sie kommen jetzt sofort da runter und machen die Tür auf, verstanden!"

„Jawohl, Herr Unteroffizier!" schrie der Herr Pfarrer zurück. Er winkte sozusagen mit seiner Rechten und schrie ein „Heil Hitler!" hinterher, woraufhin der Unteroffizier stramm stand und „Heil Hitler!" zurückschrie.

Mein Freund Georg stupste mich an und bemerkte: „Er nimmt ihn nur auf den Arm!"

Ich dachte es auch, denn man hatte den Herrn Pfarrer noch nie „Heil Hitler" sagen hören.

Das Gesicht des Herrn Pfarrers verschwand vom Kirchturmfenster, und der Unteroffizier wartete, dass die Tür sich öffnete, aber nichts geschah. War der Herr Pfarrer zu guter Letzt die steile Treppe hinuntergefallen und hatte sich das Genick gebrochen? Nach einer ganzen Weile aber erschien sein Gesicht wieder oben am Fenster und er rief: „Tut mir Leid! Ich hatte was vergessen, darum musste ich nochmal ganz hinauf!"

Wieder verschwand sein Gesicht und alles wartete, dass die Tür zum Turm sich öffnete, aber nichts geschah. Nach einiger Zeit fing der Unteroffizier wieder an zu schreien und zu toben: „Er soll herun-

terkommen, dieser schweineköpfige Dreckspfaffe!"
brüllte er.

Wieder streckte der Herr Pfarrer seinen Kopf oben
aus dem Fenster. „Was soll denn das?" rief er. „So
schnell geht das nicht bei mir, ich bin schließlich
nicht mehr der Jüngste!"

Da begriff sogar der Unteroffizier, dass der Herr
Pfarrer ihn zum Besten hielt. Wütend stampfte er
mit dem Fuß und brüllte eine lange Reihe von
Schimpfwörtern zum Turm hinauf, von denen ich
die meisten noch gar nicht kannte. Unterdessen
erschien auch unser Herr Bürgermeister, Hermann
Tremel, in seiner SA-Uniform natürlich, die er offenbar in aller Eile angelegt hatte, denn einer der
Knöpfe vor seinem dicken Bauch war noch offen
und man konnte sein schmutziges Unterhemd sehen. Er schaute sich nur kurz um und schickte dann
jemanden nach einem Kuhfuß. Der Kuhfuß wurde
geholt, aber es dauerte eine lange Weile, und als er
endlich da war und der Unteroffizier sich mit demselben in der Hand auf die Kirchturmtür zubeweg-
te, krachte plötzlich ein Schuss und neben ihm
spritzte der Dreck hoch, so dass er verdutzt stehen
blieb.

Der Herr Pfarrer war nicht in der Partei, und in seinen Predigten gab es keinen Krieg, kein Vaterland und auch kein Volk. Natürlich saß immer einer von der Partei mit gezücktem Bleistift in der Kirche, um jedes „undeutsche" Wort, das der Herr Pfarrer von sich gäbe, aufzuschreiben, aber der war dafür zu schlau, und obwohl jeder wusste oder zu wissen glaubte, dass er die Nazis nicht leiden konnte, bekamen sie ihn nicht zu fassen. Dass der Herr Pfarrer jetzt offen Widerstand leistete und sogar mit dem Gewehr — oder was das war — schoss, war daher eine aufregende und überraschende Entwicklung, und die gerade noch miteinander geplaudert hatten, verstummten und richteten ihre Blicke zum Turm hinauf, von wo die Stimme des Herrn Pfarrers laut erschallte: „Obacht jetzt! Keinen Schritt weiter!"

„Du elender Mistkerl!" schrie der Unteroffizier, dessen Gesicht mittlerweile dunkelrot war. „Du Saupfaffe und Kommunist! Wenn ich dich zu fassen kriege, lasse ich dich am nächsten Baum aufhängen!"

„Daraus", rief der Herr Pfarrer, „wird wohl nichts werden, denn die Amerikaner kommen gerade aus dem Wald gefahren. In ein paar Minuten sind sie da und alles ist vorbei!"

„Du lügst, du Saupfaffe!" heulte der Unteroffizier. „Du hast vorhin auch schon gelogen!"

Da bemerkte ich jedoch, dass einer der beiden Funker die Ohren spitzte; er schien wohl schon etwas zu hören und trat gleich vor, um seinem Vorgesetzten Bescheid zu geben. Der aber achtete nicht auf ihn, sondern schimpfte weiter, bis dann plötzlich das Dröhnen der Motoren laut und deutlich zu hören war; das muss gewesen sein, als sie den Buck überquerten, der sich südlich vom Dorf erhebt. Davon werde ich später noch erzählen. Der Unteroffizier jedenfalls, als er das hörte, erbleichte, drehte sich einen Augenblick lang im Kreis herum, was sehr lustig anzusehen war, und rannte dann wie ein Hase davon. Seine beiden Untergebenen sahen ihm achselzuckend nach und traten dann mit hoch erhobenen Händen an den Straßenrand, wo sie Minuten später auf eine überraschend höfliche Art gefangengenommen wurden, offensichtlich froh, dem Kriegsdienst entronnen zu sein. Den Herrn Bürgermeister nahmen die Amerikaner ebenfalls mit. Zu uns anderen sagten sie, wir sollten nach Hause gehen, und das taten wir auch. Da war der Krieg dann für uns vorbei.

Wochen später hatte das ganze aber doch noch ein Nachspiel. Der Unteroffizier, dieser Hundskrüppel, hatte sich scheinbar bei der kirchlichen Obrigkeit beschwert, dass unser Herr Pfarrer auf ihn geschossen habe. Die Polizei kam sogar und befragte Zeugen, also das halbe Dorf, denn es hatte sich in Windeseile herumgesprochen, dass der Herr Pfarrer sich auf dem Kirchturm verschanzt und die weiße Fahne gesetzt hatte, und aus beinahe jedem Haus waren zwei oder drei hingegangen, um das Spektakel mitzuerleben. Während der Befragung stellte sich heraus, dass zwar alle glaubten, dass der Herr Pfarrer geschossen hatte, dass aber niemand, auch nicht der Herr Bürgermeister, den Herrn Pfarrer mit einer Waffe in der Hand gesehen hatte. Er war ja auch oben auf dem Turm gewesen und schlecht zu sehen. Vielleicht hatte er eine Waffe gehabt, vielleicht auch nicht. Geschossen worden war, daran ließ sich nicht rütteln, aber ob es nun der Herr Pfarrer war, der geschossen hatte oder jemand ganz anderes, das konnte man nicht sicher sagen. Der Herr Pfarrer selbst jedenfalls pflegte zu lachen, wenn man ihn darauf ansprach, und antwortete:

„Kannst du dir das vorstellen: Ich, als Pfarrer, mit einem Gewehr? Das wäre ja ein Skandal!"

Zuletzt kamen tatsächlich Zweifel auf, und als die polizeiliche Untersuchung wegen mangelnder Beweise abgebrochen wurde, waren einige von uns sich nicht mehr sicher, ob sie auch nur den Schuss wirklich gesehen oder ihn sich nur eingebildet hatten. Ich für mein Teil war weiterhin überzeugt, dass geschossen worden war und dass der Herr Pfarrer auch selbst geschossen hatte, denn ich wusste ja, dass er schlau war, und mir war die Spitzfindigkeit aufgefallen, mit der er sich verteidigte: Er sagte stets, dass es undenkbar wäre und skandalös und nicht zu rechtfertigen für einen Herrn Pfarrer, aber er sagte nie ausdrücklich, dass er es nicht getan hatte. Ich hätte natürlich auch dann nichts gesagt, wenn ich ihn wirklich mit dem Gewehr in der Hand gesehen hätte, aber ich wollte es schon gerne genau wissen und musste immer wieder einmal, wenn ich in der Kirche war oder ihm sonstwo begegnete, daran denken.

Irgendwann aber vergaß ich es. Und dann musste ich ja auch fort ins Internat, der Schule wegen, und später auf die Universität, und dort und überall lernte ich andere Leute kennen und wurde ein bisschen fremd in unserem Dorf. Aber eines schönen Kirchweihtages oder vielmehr während einer schönen Kirchweihnacht, als ich wieder einmal zu Hause war, da saß oder vielmehr lag ich, na ja, ein bisschen betüdelt so halb auf dem Tisch, und ein paar Meter weiter war eine Schießbude; und gerade, als sie die Bude zumachen wollten, kam ein Mann herbei, legte Geld auf den Tresen, bekam ein Luftgewehr in die Hand gedrückt und schoss ein paar Runden, eine nach der anderen, schnell und ohne lange zu zielen; und mit jedem Schuss fiel eine dieser künstlichen Blumen, wie sie sie in den Schießbuden immer haben, um. Ich könnte schwören, dass dieser Mann unser damaliger Herr Pfarrer war, Rudolf Kolb, aber, wie gesagt, ich war ein bisschen betüdelt damals und dunkel war es auch, darum habe ich es mir vielleicht nur eingebildet.

Die Stunde des Hundskrüppels

„Aus dem wird einmal kein Schmied", pflegte der Uhlen Schmied zu sagen, wenn er seinen Sohn ansah, der klein war und schmächtig und schlau auf eine ärgerliche, verstörende Art. Der Uhlen Schmied selbst war ein Bär von einem Mann, groß, stark, wie man bei uns sagt, also dick, und mit Händen so hart wie ein Stück Holz. Sie hatten aber etwas gemeinsam, der Uhlen Schmied und sein Sohn, Karl Heinz Uhl: Sie wussten genau was sie wollten, und sie waren bereit, alles was nötig war zu tun um es zu bekommen. Wenn sie einander in die Augen sahen, war es, als stünden sich zwei Raubtiere gegenüber, und man kann nicht sagen, wer dem anderen unheimlicher war, der Alte dem Jungen oder der Junge dem Alten.

Karl Friedrich Uhl, der Uhlen Schmied, war ein recht finsterer Geselle oder galt jedenfalls als solcher. Das lag vielleicht daran, dass er eigentlich immer wenigstens ein bisschen rußig war, wenn nicht im Gesicht oder an den Händen, dann meinetwegen am linken Ohr oder an der Innenseite seines rechten Handgelenks. Auch hatte er diesen Geruch an sich, den man wahrscheinlich nicht mehr los wird, wenn man ein um das andere Jahr an einer rauchenden Esse steht und das glühende Eisen schmiedet. Er war ein wortkarger Kerl, vor dem man sich in Acht nahm, wenn er einmal sprach, und noch mehr, wenn er nichts sagte, was meistens der Fall war. In Wahrheit aber hat ihn nie jemand gewalttätig gesehen; ja, ich wüsste nicht, dass er seinem Sohn Karl Heinz jemals auch nur eine Ohrfeige gegeben hätte. Das überließ er unserem Herrn Lehrer, Ottmar Bach, der es auf diesem Gebiet zur Meisterschaft gebracht hatte, wie ich ja schon umfänglich dargelegt habe. Vor dem Herrn Lehrer hatte der Uhlen Schmied Respekt, denn dieser hatte ja früher auch schon ihn selbst mit der Haselnussrute verhauen, und ich glaube, er hoffte insgeheim, dass der Herr Lehrer aus seinem Sohn Karl Heinz einmal einen solchen Mann machen würde, wie er selbst einer war.

Der Karl Heinz jedoch hatte nicht vor, irgend jemandes Erwartungen zu erfüllen. Er machte was er wollte, und wenn er in die Schule kam, dann ganz gewiss nicht aus Furcht vor der Obrigkeit oder auch nur vor dem Herrn Lehrer, der, wie berichtet, durchaus die Gabe hatte, die Furcht in einem Menschen zu erwecken. Einmal beschloss der Herr Lehrer, den Karl Heinz zu züchtigen — das war noch bevor er dieses Brett mit den Löchern darin bekam. Wie üblich musste der Karl Heinz zuerst auf die Landstraße hinaus, um dort die Haselnussrute zu schneiden, mit der er anschließend gezüchtigt werden sollte. Er war aber lange weg; später erfuhren wir, dass er zuerst ein Ei gestohlen hatte aus dem Hühnerstall unseres Hans Knödel, dann einen Apfel aus dem Garten des Herrn Pfarrers und zuletzt noch einen Kuss von einer der beiden Dienstmägde des Rosenbauers. Dann legte er sich noch für ein Viertelstündchen an den Fluss, denn es war ein warmer, sonniger Tag, und danach erst ging er seine Haselnussrute schneiden.

Als er endlich damit ins Klassenzimmer zurückkam, sagte der Herr Lehrer in etwa so: „Karl Heinz, es würde ein böses Ende mit dir nehmen, wenn ich nicht da wäre, dir auf den rechten Weg zu helfen. Damit du umso schneller auf denselben gelangst, werde ich dir etwas geben, woran du dich noch lange erinnern wirst."

Und Karl Heinz Uhl, der genau wusste, was ihn erwartete, beugte sich vor, stemmte die Hände auf das vorderste Pult und betrachtete uns aufmerksam, während der Herr Lehrer ihm mit der Haselnussrute den Hintern verdrosch. Ob der Karl Heinz sich, wie vom Herrn Lehrer angekündigt, noch lange daran erinnert hat, wage ich zu bezweifeln, denn er hat während des ganzen Vorgangs nicht einmal mit der Wimper gezuckt. Ich aber, ich erinnere mich ganz genau, denn ich sehe noch vor mir seine Augen, seinen Blick, mit dem er uns angesehen hat, die Gelassenheit, die aus diesem Blick sprach, als hätte er Zeit übrig um zu schauen und als würde ihm nicht gerade der Hosenboden poliert.

Der Herr Lehrer versuchte wirklich alles an ihm: Die Ohrfeige, also die Trumm Schell'n, wie man bei uns sagt, die klassische Kopfnuss und den Arschtritt. Er bearbeitete den Hintern genauso wie die Hände. Er nahm die Haselnussrute, den Gürtel, das Lineal und am Ende natürlich dieses Brett mit den Löchern darin, aber nichts von alledem schien den Karl Heinz wirklich zu berühren; er ließ alles mit Gleichmut über sich ergehen, und wenn uns, die wir Zeugen seiner, na ja, Behandlung wurden, wenn uns der Atem stockte und die Mädchen sich die

Hände vor die Augen hielten, dann stahl sich die allerkleinste Andeutung eines Lächelns in sein ansonsten ausdrucksloses Gesicht.

Am Ende gab der Herr Lehrer es auf, dem Karl Heinz auf den rechten Weg zu helfen. Er ließ sich schwer atmend auf seinen Stuhl fallen, sah ihn verdrossen an und sprach: „Karl Heinz, ich habe getan, was ich konnte, aber es war alles umsonst. Ich bin jetzt müde. Ich kann nicht mehr. Tue nun, was dir zu tun beliebt. Ich werde mich nicht mehr um dich sorgen oder kümmern."

Da ging der Karl Heinz zu seinem Platz, setzte sich und sah aufmerksam nach vorne zur Tafel, gerade als wäre er ein Musterschüler. Ich dachte damals, er hätte genug; er hatte ja immerhin unseren Herrn Lehrer, Ottmar Bach, sozusagen im Zweikampf geschlagen, da hätte er doch Ruhe geben können. Stattdessen wartete er, wie sich zeigen sollte, nur auf eine günstige Gelegenheit, um dem Herrn Lehrer die Prügel zurückzuzahlen, die er von ihm so großzügig empfangen hatte.

Darauf musste er aber noch eine ganze Zeit lang warten.

Der Herr Lehrer, da muss ich jetzt ein bisschen ausholen, hatte beim Schulhaus, in dem auch seine

Wohnung war, keinen Garten; darum hatte man ihm ein Fleckchen am Ortsrand zur Verfügung gestellt, direkt an der Straße. Wer aber im Sommer daran vorbeikam, blieb stehen und bestaunte die wunderschönen Rosen, die der Herr Lehrer neben seinem Gemüse und den Kräutern dort zog, und wer den Herrn Lehrer kannte, der staunte noch viel mehr, dass so ein großer, grober Mann wie er solche lieblichen, zarten Blumen hatte. An eben dem Tag nun, als der Herr Pfarrer den Kirchturm besetzt hatte und sich alles dort tummelte, weil jeder sehen wollte, was los war, ging der Karl Heinz ohne jede böse Absicht zum Dorf hinaus, denn was alle anderen sehen oder wissen wollten, ließ ihn stets vollkommen gleichgültig. Er ging also die menschenleere Straße entlang und kam an dem Garten des Herrn Lehrers vorbei und dachte daran, wie schön die Rosen im letzten Jahr geblüht hatten und wie der günstige Wind ihren Duft ins Dorf hineingetragen hatte. Dann teilte er nach dem Garten das Gebüsch, sprang über den Graben und ging neben der Straße her, denn die Straße war ja noch vermint damals. Hinter dem Dorf ging sie eine kleine Anhöhe hinauf, das war der Buck, und dort war ein uralter Stein, mit Zeichen darauf, die niemand mehr lesen konnte; darauf setzte sich der Karl Heinz und sah mit ernstem Blick auf das Dorf hinab. Nach einiger Zeit aber hörte er hinter sich lauter werdende Motorengeräusche, und als er sich umwandte, sah er gerade, wie ein amerikanischer Geländewagen aus dem Wald kam und ein oder zwei Panzer hinterher.

Jeder andere hätte jetzt die Beine in die Hand genommen, aber nicht der Karl Heinz: Er hockte da auf seinem Stein und betrachtete die kleine Kolonne, wie sie näher kam und endlich vor ihm halt machte. Auf dem Geländewagen saßen zwei Soldaten, von denen der eine ihn anrief, auf das Dorf zeigte und in gutem Deutsch fragte: „Wohnst du da?"

„Ja", antwortete er.

„Wie heißt du?"

„Karl Heinz."

„Sind da Minen auf der Straße?"

„Ja", sagte der Karl Heinz, „ganz viele sogar."

„O je", seufzte der Soldat. „Wie kommen wir jetzt ins Dorf hinein?"

„Ganz einfach", sagte der Karl Heinz, „ihr fahrt außen herum." Und in diesem Moment, sagte er später, durchfuhr es ihn wie ein Blitz, wie eine Offenbarung Gottes, und er wusste so genau wie vorher nie in seinem Leben, was er zu tun hatte.

„Zeige uns den Weg", bat der Soldat. „Komm rauf und setz dich da hin." Ich denke, er traute dem fremden Jungen nicht und ließ ihn sich deshalb in den Wagen setzen, damit er ihn nicht betrog und in das Minenfeld hineinführte statt um es herum, aber der Karl Heinz empfand es als eine Auszeichnung, mit im Wagen sitzen zu dürfen. Er kletterte also hinein, setzte sich auf den bezeichneten Platz und befahl dann: „Rechts hinein!"

„Und du weißt genau, wo die Minen sind?"

„Natürlich", sagte der Karl Heinz. „Ich habe zugesehen. Rechts hinein."

„Dann halte dich gut fest." Der Soldat sprach den Fahrer in seiner eigenen Sprache an, und der lenkte den Wagen nach rechts von der Straße ab und durch den niedrigen Graben auf das angrenzende Wiesenstück.

„Jetzt wieder links", sagte der Karl Heinz.

Der Fahrer steuerte nach links und fuhr dann neben der Straße her. Die Panzer folgten ihm.

„Und jetzt da durch", sagte der Karl Heinz.

„Wirklich?" fragte der Soldat.

„Ja", sagte der Karl Heinz. „Bis dahin gehen die Minen."

„Schade", sagte der Soldat. „So ein gepflegter Garten."

Dann gab er den Befehl, und der Fahrer setzte ein wenig zurück, damit die Panzer vorbei konnten. Der erste durchbrach mühelos den Zaun, zerstörte die noch winterlich kahlen Beete und machte die Beerensträucher und Rosenstöcke dem Erdboden gleich. Was sie aber verfehlten, das besorgte der nachfolgende Panzer, so dass am Ende von dem Garten des Herrn Lehrers rein gar nichts mehr da war außer einem kleinen Stückchen Gartenzaun links und rechts.

Der Karl Heinz aber, der dies alles genau beobachtet hatte, faltete die Hände, blickte zum Himmel auf und betete still: „Ich danke dir, lieber Gott, dass du den Feind so gnädiglich in meine Hände hast gegeben." Das hatte er sich aus der Bibel gemerkt.

Es wäre jetzt müßig das Entsetzen und die Trauer des Herrn Lehrers zu schildern, als er erfuhr, was geschehen war; ein jeder kann es sich ausmalen, wie ihm zumute war. Der Karl Heinz aber, dieser Hundskrüppel, hatte von dem Tag an genug von jeglichem Ärger und wurde buchstäblich fromm.

Dass durch sein Mitwirken jener Garten, der eigentlich ein Ort des Friedens war und der Beschaulichkeit, so unbarmherzig zugrunde gerichtet worden war, bereitete ihm im Nachhinein solche Gewissensbisse, dass er dem Bösen gänzlich entsagte, sich — sobald es möglich war — einen Bart wachsen ließ und Pfarrer wurde; unser Herr Pfarrer, Rudolf Kolb, verschaffte ihm, ich weiß nicht wie, ein Stipendium. Der Herr Lehrer aber, Ottmar Bach, war auch nicht dumm; er dachte darüber nach, was geschehen war, verbrannte sein Brett mit den Löchern darin in seinem Küchenofen und rührte nie wieder einen seiner Schüler an.

Das Eiserne Kreuz

Der Becken Ern hatte keine besondere Neigung, in den Krieg zu ziehen, obwohl er die Nationalsozialisten mochte. Er mochte sie hauptsächlich weil er arm war, und die Nationalsozialisten, das muss man ihnen lassen, halfen damals den Armen auf. Mit dem Krieg aber hatte der Becken Ern nichts am Hut, denn er wusste ganz genau, dass im Krieg scharf geschossen wurde und dass Menschen starben, und zwar im Regelfall nicht die, die Schuld waren an der Misere, sondern der kleine Mann. Dementsprechend grämte sich der Becken Ern zutiefst über seine Einberufung. Dann aber dachte er an seinen Großvater, der ein Kriegsheld gewesen war, und nahm sich vor, es ihm gleich zu tun und hochdekoriert, wie man das nennt, heimzukehren. Der Becken Opa war ein Preuße gewesen, ein Saupreiß, wie man bei uns früher zu sagen pflegte. Er hatte im Deutsch-französischen Krieg gekämpft und für seine Tapferkeit das Eiserne Kreuz erhalten, oder vielleicht auch eine andere Auszeichnung, aber das Eiserne Kreuz kannte jeder, darum wurde die Geschichte immer mit dem Eisernen Kreuz erzählt. Der Becken Opa war gestorben, als der Becken Ern noch ein Junge gewesen war, aber er erinnerte sich noch genau daran, wie er auf dem Schoß des alten Mannes gesessen und der ihm erzählt hatte, wie er allein, nur mit einem Hammer in der einen und einer Reitpeitsche in der anderen Hand, eine ganze französische Kompanie in die Flucht geschlagen hatte. Also, dachte der Becken Ern, der alte Depp, mache ich das genauso: Ich ziehe in den Krieg, bekomme das Eiserne Kreuz verliehen und erzähle meinen Enkelkindern davon.

Es kam jedoch leider ein bisschen anders.

Der Becken Ern kam zur Sechsten Armee, kurz bevor diese Richtung Osten zog. Sie eroberten Stalingrad, von wo er noch schrieb, dass alles bestens wäre. Dann hörte man nichts mehr von ihm. Wie man später erfuhr und es heute auch in den Geschichtsbüchern steht, wurden die deutschen Soldaten im Winter 1942-1943 eingekesselt und ausgehungert. Als sie sich endlich ergeben durften, gestatteten die Sowjets den wenigen, die noch übrig waren, darunter erstaunlicherweise der Becken Ern, zu Fuß nach Sibirien zu gehen, wo er dann eine lange Zeit mit Lagerhaft und Zwangsarbeit zubrachte, bis er im Frühjahr 1953, fast zwölf Jahre nachdem er fortgegangen war, plötzlich wieder zu Hause auftauchte. Er wäre vielleicht schon früher entlassen worden, aber in seinem Eifer, sich sein eigenes Eisernes Kreuz zu verdienen, hatte er sich zur Waffen-SS gemeldet, die ihm ihr Symbol, diese beiden Blitze, auf die Brust tätowiert hatten oder auf die Schulter oder vielleicht auch auf den Arsch, ich weiß es wirklich nicht genau; deswegen jedenfalls, wegen dieser Tätowierung, bekam er besonders wenig zu essen und musste im Gegenzug besonders viel arbeiten, und wahrscheinlich war das auch der Grund, dass er so lange fort war.

Seine Rückkehr erschreckte seine Familie, weil sie so völlig unerwartet geschah: Seine jüngste Tochter Gertraud saß gerade am Küchentisch und aß ein Marmeladenbrot, als die Tür mit lautem Krachen aufflog und ihr Vater hereintrat. Sie erkannte ihn freilich nicht, sie hatte ihn ja als kleines Kind zuletzt gesehen, und er sah auch nicht mehr so aus wie früher. Darum stieß sie einen Schrei aus und warf das Marmeladenbrot nach ihm, wobei sie ihn allerdings verfehlte. Die Gertraud sah übrigens genauso aus wie ihre Mutter, als sie jung gewesen war, und deshalb wahrscheinlich glaubte der Becken Ern, sie wäre seine Frau; „Hilde", sprach er also, denn das war der Vorname seiner Frau, „du hast dich verdammt gut gehalten; komm her und gib mir einen Kuss!" Und mit diesen Worten beugte er sich vor und spitzte die Lippen.

Die Gertraud aber, die nicht erkannt oder verstanden hatte, dass dieser Mann ihr Vater war und sie gerade mit ihrer Mutter verwechselte, nahm ihren Teller in beide Hände und schlug ihn derart auf den Kopf des Becken Ern, dass er zerbrach — also der Teller. Dann schlüpfte sie schnell, solange er noch benommen war, an ihm vorbei zur Tür hinaus und rannte zur Bushaltestelle, wo, wie sie wusste, demnächst der Linienbus mit ihrer Mutter darin eintreffen würde.

Der Becken Ern unterdessen machte sich ans Essen. Er fraß buchstäblich alles, was er fand: Den Käse, die geräucherte Wurst, die gekochten Eier, die eingelegten Früchte, ein Glas Marmelade, etwas altes Brot, ein paar Essiggurken, den Kuchenrest vom Vortag, einfach alles eben, und das war beachtlich, denn er hatte ja praktisch keine Zähne mehr, die waren ihm in Sibirien alle ausgefallen, und sein Gebiss bekam er erst im Jahr 1960. Er stopfte all diese Sachen in seinen zahnlosen Schlund und spülte sie mit ein paar Flaschen Bier hinunter. Danach war ihm jedoch irgendwie schlecht, und er beschloss, den Lokus aufzusuchen.

Als er schließlich erleichtert wieder heraustrat und die Tür hinter sich zuwarf, stand die Hilde vor ihm, einen Knüppel in der Hand. Sie hatte nämlich nicht mehr mit seiner Heimkehr gerechnet und angenommen, einen Landstreicher, wie es damals viele gab, verjagen zu müssen. Der Becken Ern starrte seine Ehefrau sprachlos an und sagte kein Wort. Die Hilde genauso wenig.

Endlich sprach sie doch: „Bist du's wirklich, Ern?"

Der Becken Ern: „Ich, äh, also — Hilde? Hilde?"

Und er sah sich suchend um nach der jungen, hübschen Frau, die der Hilde, die er vor zwölf Jahren zurückgelassen hatte, so ähnlich gewesen war. Dann sah er die richtige Hilde an und die Falten, die sie um ihren Mund hatte, und das Haar, das langsam grau wurde, und die stämmigen Beine, und, ja, auch ihre Arme, die aussahen wie die eines Bäckers, so kräftig und so rund. „Hilde?" fragte er noch einmal.

„Wer sonst", sagte die Hilde scharf und ließ den Knüppel in ihre geöffnete Hand sausen. „Was denkst denn du?"

Der Becken Ern schüttelte geistesgegenwärtig den Kopf. „Nix hab ich gedacht, überhaupt nix."

Ein Eisernes Kreuz hatte der Becken Ern nicht mit heimgebracht aus dem Krieg, aber das war nicht seine Schuld, wie er sagte, sondern die des „Gröfaz". Dieses Wort hatte er von einem Kameraden gelernt, der aus Wuppertal stammte, und es war, wie er stolz erklärte, „eine spöttische Abkürzung von ‚Größter Feldherr aller Zeiten'. Dieser Titel war nämlich dem Hitler von irgendeinem Speichellecker beigelegt worden, vom Göring, vom Keitel oder von irgendeinem anderen Idioten, was weiß ich. Der Becken Ern, das muss man sagen, war am Ende kein Nazi mehr, denn so schlau war er schon, dass er begriff, wer und was ihm zwölf Jahre seines Lebens gestohlen hatte, und seine Zähne noch dazu.

Tragisch war, was ich später erst herausfand: Der Weißen Leonhard, der dem Becken Ern seinen Opa noch gekannt hatte, schwor Stein und Bein, dass der Alte einmal im Suff im Wirtshaus ihm und noch zwei anderen erzählt hatte, wie es wirklich gewesen war mit seinem Eisernen Kreuz. Es hatte sich, wie gesagt, im Deutsch-französischen Krieg zugetragen. Dem Becken Ern sein Opa, Fritz war sein

Name, war ein Schmied gewesen, und weil sie damals alle zu Pferd unterwegs waren und mit Säbeln und Bajonetten kämpften, darum brauchte jede Kompanie ihren eigenen Schmied, und ein solcher Kompanieschmied wurde eben auch der Becken Fritz. Das gefiel ihm nicht schlecht, denn als Schmied hatte er sein eigenes Wägelchen mit allem, was Schmiede eben so brauchen, und während die anderen sich ihre Hintern mit Gänsefett einrieben, weil sie vom vielen Reiten wund geworden waren, hockte er gemütlich auf seinem Kutschbock, ein Kisschen unter sich, das er extra von zu Hause mitgebracht hatte, und knallte gelegentlich mit seiner Peitsche.

Eines Tages aber fand es sich, dass das Land vor ihnen anstieg, nicht direkt steil, aber über eine lange Strecke Weg; und als die Infanteristen absaßen, um eine Ruhepause einzulegen, fuhr der Becken Fritz schon voraus, weil er wusste, dass er weit zurückfallen würde, wenn er hinter ihnen herführe. Er knallte also mit seiner Peitsche, pfiff ein fröhliches Lied und zuckelte gemächlich den Hang hinauf. Plötzlich aber bewegte sich das Gebüsch am Rand des Weges, und als der Becken Fritz hinsah, schlüpfte ein Mann daraus hervor, ein französischer

Soldat, das Gewehr in der Hand. Der Becken Fritz erbleichte, denn er glaubte, es habe sein letztes Stündlein geschlagen, aber der Soldat schrie nur irgendetwas in seiner eigenartigen, merkwürdig melodischen Sprache und rannte davon; und während der Becken Fritz noch damit beschäftigt war, seinen Karren zu Halt zu bringen, kamen immer mehr Franzosen unter den Büschen hervor, mit weißen Gesichtern zum Teil und schweißfeuchten Stirnen; und alle rannten sie, rannten sie davon, dem nach, der als erster zum Vorschein gekommen war. Der Becken Ern schaute ihnen nach und schüttelte den Kopf — mehr konnte er nicht tun, denn er verstand nicht, was da geschah. Doch dann ging ihm ein Licht auf, und in demselben Augenblick erschien neben ihm sein Herr Hauptmann, der, wie sich herausstellte, sein Pferd hatte stehen lassen, um ein paar Schritte zu Fuß zu gehen, und er hatte diesen Ausdruck im Gesicht, an dem der Becken Fritz erkannte, dass sie beide dasselbe dachten oder vielmehr wussten: Dass die Franzosen davongerannt waren, weil sie geglaubt hatten, die Deutschen wären schon an ihnen vorüber; die Schmiedewägen kamen ja sonst immer ganz am Schluss erst.

Der Becken Fritz und der Herr Hauptmann sahen einander an, schauten den fliehenden Franzosen hinterher, schauten einander wieder an und fingen an zu lachen, dass sie sich kaum auf den Beinen halten konnten — das heißt, der Herr Hauptmann konnte sich kaum auf den Beinen halten, der Becken Fritz fiel vor Lachen rücklings in seinen Wagen hinein, so dass nur noch seine Beine zu sehen waren.

„Du hast", sagte der Herr Hauptmann, als er wieder zu sprechen in der Lage war, „alleine und ohne das geringste Zeichen von Furcht eine ganze französische Abteilung in die Flucht geschlagen. Ich werde dafür sorgen, mein lieber Fritz, dass du dafür ausgezeichnet wirst mit dem gottverdammten Eisernen Kreuz, jawohl!"

Genau so, sagte der Weißen Leonhard, genau mit diesen Worten hatte der Becken Fritz seinen Kommandeur zitiert, und genau so hatte er seine Geschichte erzählt, und ich bin überzeugt, dass jedes Wort davon wahr ist, denn wie sonst sollte irgendjemand aus unserem Dorf je an das Eiserne Kreuz gelangt sein, als durch eine lächerliche Fügung des Schicksals?

Der schamhafte Schäfer

Ich ging dann natürlich weg, zuerst auf die Oberrealschule, da kam ich schon nur noch am Wochenende heim, und später auf die Universität, da kam ich bloß noch in den Ferien nach Hause. Zu Hause hielten sie mich für was Besonderes, weil ich seit Menschengedenken der erste aus dem Dorf war, der ein Abitur gemacht und studiert hatte, aber ich sagte damals und sage es heute immer noch: Wenn es eine besondere Mühe gewesen wäre, dann hätte ich es wahrscheinlich nicht getan; und auf das, was einem leicht fällt, braucht man sich im Grunde nichts einzubilden, denn man hat sich ja nicht anstrengen müssen dafür.

Nach dem Studium war ich eine lange, lange Zeit nicht daheim, und dann das erste Mal wieder zu einer Beerdigung. Und da merkte ich, dass es zu lange gewesen war und dass ich einer von denen bin, die zu Hause sein müssen oder wenigstens in der Nähe davon. Also ließ ich mich an das nächstgelegene Gericht versetzen und sah zu, dass ich wenigstens jedes zweite Wochenende bei meiner

Mutter war, und der gefiel das natürlich, und mir gefiel es auch.

Dann wurde irgendwann die S-Bahn gebaut, und als sie fertig war, war es nur noch eine Dreiviertelstunde Weg von Zuhause bis auf die Arbeit, und da baute ich mir ein kleines Haus, übrigens auf eben dem Grundstück, das früher einmal der Garten des Herrn Lehrers, Ottmar Bach, gewesen war.

Als es endlich fertig und ich eingezogen war, fiel mir auf, wie viele Menschen und Dinge aus meiner Kindheit schon verschwunden waren, und ich fing an, ein paar Geschichten aufzuschreiben, die sich hier früher zugetragen hatten und an die ich mich zum Teil noch selbst erinnerte. Und ich kaufte mir einen Fotoapparat, einen Kodak Retina automatic III mit eingebautem Belichtungsmesser. Ja, da lacht ihr, aber damals war das ein überaus fortschrittliches Gerät, und ihr hättet die neidischen Blicke der Leute sehen sollen, wenn ich damit herumlief!

Na ja, eines Tages jedenfalls, ich glaube, im Frühsommer, machte ich einen längeren Spaziergang über die Felder und Wiesen und kam zu dem Platz, an dem der Rosenbauer damals seine Schafe hatte. Der Rosenbauer war mittlerweile ein altes Männlein geworden mit schneeweißem Haar und einem

Blick, als sähe er schon über den Rand dieser Welt hinaus, aber seine Schafe hatte er noch immer, und da er zeitlebens unverheiratet geblieben war, war auch niemand da, der ihm das verbieten konnte.

Er stand also da, gestützt auf seinen Hirtenstab, und überblickte seine Herde, und sein Hund saß bei ihm, und er sah in seinen altmodischen Kleidern aus, als käme er geradewegs aus einer lange vergangenen Zeit; und weil ich den Fotoapparat mit dabei hatte, fragte ich ihn, ob ich ein Bild machen dürfte.

„Ja, na gut", sagte er.

Ich stellte mich also hin, so dass ich alles aufs Bild bekam, aber als ich soweit war, den Auslöser zu drücken, war der Rosenbauer aus dem Bild hinausgelaufen. Ich ging daher ein Stück nach rechts, damit ich ihn wieder drauf hätte, aber als ich soweit war, war er wieder nach links aus dem Bild hinausgelaufen. Wieder ging ich nach rechts, wieder ging er nach links. Auf die Art umrundeten wir die Herde zur Hälfte.

„Verreck", sagte ich endlich zu ihm, „wirst du jetzt wohl gefälligst stehenbleiben? Das gibt ein schönes Bild, du in deinen alten Sachen und mit dem Stab und die Herde dazu. Später mal werden wir uns freuen, dass wir das haben!"

Der Rosenbauer nickte und ich stellte die Blende neu ein, aber als ich durch den Sucher schaute, sah ich gerade noch, wie er nach links aus dem Bild verschwand.

Da hatte ich dann genug von ihm, und aus diesem Grund gibt es kein Bild vom Rosenbauer bis auf den heutigen Tag.

Alte Sünden

Wer nix wird, wird Wirt! Oder er hockt im Wirtshaus herum und hält Maulaffen feil, so wie ich. Aber wenn du mir noch ein Bier bringst, Fritz, erzähle ich vielleicht noch etwas von mir, einen Schwank aus meiner Jugend.

Wenn man hier bei uns aufgewachsen ist, hat man in fast vier Jahrzehnten nur den einen Lehrer gekannt: Den Herrn Lehrer eben, Ottmar Bach. Möge Gott seiner Seele gnädig sein! Prost. Auf die Oberrealschule aber als ich kam, fand ich heraus, dass es auch andere Lehrmethoden gab als die, die unser Herr Lehrer zu Hause anwandte. Nur wenige Menschen sind mir aber aus meiner Zeit auf der Oberrealschule so im Gedächtnis geblieben wie der Herr Gottschalk, dessen Name Witz vermuten ließ, wo leider keiner war. Ihn hatte ich in meinen letzten beiden Jahren an der Schule, und er war mein Deutschlehrer. Er pflegte, sobald er an seinem Lehrerpult Platz genommen hatte, mit der eintönigsten Stimme die langweiligsten Dinge von sich zu geben

— so kam es mir damals jedenfalls vor; und er sprach buchstäblich von der ersten bis zur letzten Minute, so dass sein Unterricht in meiner Erinnerung dem Geräusch ähnelte, das man hört, wenn man mit der Eisenbahn fährt. Es war ermüdend, ja, einschläfernd.

Eines Tages, als ich es nicht mehr ertragen zu können glaubte, meldete ich mich zu Wort und sagte, als ich aufgerufen wurde, wie entsetzlich langweilig ich die Deutschstunden fände, und ob wir nicht einmal etwas Unterhaltsameres oder Tiefsinnigeres machen könnten. Ich war noch jung damals und hielt meine Unverschämtheit für die lauterste Aufrichtigkeit. Der Herr Gottschalk aber tat sogleich etwas sehr Unterhaltsames, wenn auch nicht Tiefsinniges: Er hieb mit der flachen Hand auf den Tisch, so dass meine Mitschüler derb aus ihrem Schlummer gerissen wurden und einige entsetzt aufsprangen; er erhob sich halb und brüllte mich an: „Ich habe genug von Ihnen — genug! Hinaus aus meinem Klassenzimmer, und kommen Sie ja nicht zurück!"

Ich packte betroffen meine Sachen zusammen und schlich mit gesenktem Kopf hinaus. Bald aber begann die neugewonnene Freiheit mir zu gefallen, und während meine Kameraden — denn wir waren nur Jungen damals — in die Deutschstunde gingen, ging ich hinüber in den Stadtpark und legte mich dort gemütlich ins Gras. Das kam für mich auf dasselbe hinaus, war aber viel schöner als der Deutschunterricht, weil das Rauschen des Wassers und des Windes in den Gräsern und Blättern nun einmal angenehmer ist und milder als das Brummen einer eintönigen Stimme. Nicht wenige beneideten mich damals um meine Verbannung! Aber es muss wohl der Schulleitung zu Ohren gekommen sein, oder vielleicht war es auch so, dass der Herr Gottschalk anfing sich Sorgen zu machen, dass es der Schulleitung zu Ohren kommen würde; jedenfalls begann er mir nachzustellen, wie ich hörte, und eines Tages erwischte er mich leider auch, in einem entlegenen Teil des Schulhauses, wo er mir schon längere Zeit aufgelauert haben musste. Er sprang mich sozusagen aus einer Nische heraus an und bat mich dringend, wieder in seinen Unterricht zu kommen. „Es tut mir aufrichtig Leid", sprach er, „dass ich so grob und unhöflich zu Ihnen war. Die Welt ist voll von Speichelleckern und Jasagern, die Menschheit braucht solche Stimmen wie Ihre, um etwas zu verändern. Ich werde mich bemühen, meine Sache besser zu machen, nur kommen Sie bitte zurück."

Und, was soll ich sagen, das tat ich. Man ist ja schließlich kein Unmensch. Erst später aber ging mir auf, wie sehr sich der Herr Gottschalk da erniedrigt hatte, und manches Mal, wenn ich daran dachte, schämte ich mich sehr für meine Ungezogenheit.

Die Jahre vergingen immer schneller, so kam es mir vor. Eines Tages bekam ich eine Einladung zu einer Feier zum zwanzigjährigen Abiturjubiläum. Zuerst einmal war ich fassungslos: Ich konnte kaum glauben, dass wirklich schon zwanzig Jahre vergangen sein sollten. Dann wurde ich wütend, als ich mich an die Demütigungen erinnerte, die mir durch bestimmte Lehrer und Mitschüler zugefügt worden waren. Jedenfalls beschloss ich, nicht hinzugehen, knüllte das Papier zusammen und warf es weg. Ein wenig später holte ich es wieder heraus, strich es gerade und las es erneut. Am Ende meldete ich mich an.

Der Einladung zufolge sollte es eine Führung durch das Schulgebäude geben und anschließend ein Abendessen in einer Gaststätte in der Nähe. Ich hatte das Schulhaus in all den Jahren nicht mehr betreten und war gespannt, wie es sich verändert haben mochte. Wir versammelten uns also auf dem Schulhof und es gab, als nach und nach die alten Kameraden eintrafen, ein großes Hallo hier und da, wie man es sich vorstellt, wenn ehemals beste Freunde sich nach vielen Jahren wiedersehen. Aber den größten Eindruck machte es auf mich, als sich schließlich eine Tür öffnete und mein alter Lehrer Herr Gottschalk zu uns heraustrat, um uns zu begrüßen und uns herumzuführen. Er war sehr weiß geworden, seiner Art nach aber, wie er sich gab und sprach, noch ganz der Alte. Er führte uns also herum und zeigte uns alte und neu eingerichtete Räume. Es wurde recht still, wohl weil jeder seinen Erinnerungen nachhing. Am Ende, als er uns verabschiedete, merkte der Herr Gottschalk noch an, dass dies sozusagen seine letzte Amtshandlung gewesen wäre, da er zum Ersten des kommenden Monats in den Ruhestand treten würde.

Ich blieb zurück, als meine ehemaligen Mitschüler aufbrachen; ich würde sie später in der Gaststätte wiedersehen. Ich dachte, ich hätte da und dort die seltene Gelegenheit, eine alte Sünde wiedergutzumachen. Und als die anderen alle weg waren, ging ich hin zum Herrn Gottschalk, stellte mich vor und sprach: „Ich habe ihnen damals als Schüler das Leben schwergemacht, indem ich Sie respektlos behandelt und Ihren Unterricht gestört habe. Das tut mir heute herzlich Leid, und ich bitte Sie dafür um Verzeihung."

Der Herr Gottschalk nahm die Hand, die ich ihm hingestreckt hatte, und antwortete: „Herzlichen Dank! Ich muss Ihnen allerdings gestehen, dass ich mich nicht an Sie erinnern kann. Was haben Sie denn genau getan, wofür Sie mich jetzt um Verzeihung bitten müssten?"

Ich war nicht wenig überrascht in dem Augenblick und sogar ein bisschen enttäuscht, wie ich zugeben muss; ich war davon ausgegangen, dass der Ärger, den ich ihm bereitet hatte, groß genug gewesen sein müsste für eine bleibende Erinnerung. Ich erzählte ihm, wie er mich aus seinem Klassenzimmer verbannt und später wieder zurückgebeten hatte. Er hörte sich die Geschichte an, als wäre er nicht dabei gewesen, und lachte am Ende herzlich darüber: Das wäre doch gar nicht so schlimm, kein Grund jedenfalls, ein schlechtes Gewissen zu haben. Und er reichte mir noch einmal die Hand und wünschte mir alles Gute.

Ich ging betroffen davon; ich hatte mich offenbar für sehr viel bedeutender gehalten, als ich es in Wirklichkeit war. Entweder das — oder er wollte nicht zugegeben, wie schwer es damals für ihn mit mir war.

Aber was rede ich da für Zeug! Geschichten aus dem Dorf habe ich versprochen, und Geschichten aus dem Dorf sollt ihr hören. Zwei habe ich noch für euch, dann ist Schluss.

Die Hochzeit des Jahres

Der Schmidten Schorsch, von den Liesel Schmidts, Georg eigentlich, mein Freund, sparte sein Geld auf, und als er genug hatte, kaufte er sich von dem Geld ein Ferkel. Sie waren arm, die Liesel Schmidts, aber er, der Schorsch, gedachte, eines Tages reich zu sein. Also mästete er das Schwein, und als es groß und fett war, verkaufte er es und kaufte sich von dem Geld drei Ferkel oder vier. Die mästete er wieder und verkaufte sie, und von dem Geld erweiterte er den Schweinestall und kaufte noch mehr Ferkel. Und so weiter. Und als er dreißig Jahre alt war, wurde er bei uns im Dorf „der Schweinebaron" genannt. Keiner hatte so viele Schweine wie er. Aber die Schweine, na ja, die stanken eben. Er selbst war sehr reinlich, da kann man nichts sagen, aber die Schweine nun einmal nicht; und weil er so viele Schweine hatte und eigentlich den ganzen Tag im Schweinestall zugange war, darum roch er irgendwann selbst wie ein Schwein, und das Haus, das er gebaut hatte, roch nach Schwein, und überall, an jedem Ort, wohin er kam, breitete sich dieser Geruch aus. Wenn er abends ins Wirtshaus kam, tranken die Leute aus und gingen heim. Wenn er in die Kirche kam, kürzte der Pfarrer seine Predigt ab. Und wenn er in den Laden kam, wurde er immer als erster bedient, damit er möglichst schnell wieder ginge. Und deswegen, glaube ich, fand der Schorsch lange keine Frau. Als er aber doch noch eine fand und als er sie das erste Mal mitbrachte, da war sie so schön, dass einem beinahe der Atem stockte. Das Gesicht, das Haar, die Figur: Sie war eine wahre Augenweide. Und nicht nur das, sie war obendrein klug, nett, hilfsbereit, tüchtig, fleißig, fromm, kurz: alles, was ein Mann sich nur wünschen konnte. Einen Fehler jedoch hatte sie: Sie war katholisch. Woran man sieht, dass ein jedes Ding im Leben einen Haken hat. Oh, und ihr Name war übrigens Elfriede.

Wie auch immer, man kann dem Schorsch keinen Vorwurf machen, dass er die Hände nicht von ihr lassen konnte, und es wunderte mich überhaupt nicht, dass es nach ein paar Monaten schon hieß, sie würden heiraten. Es war aber das Jahr, in dem unser langjähriger Herr Pfarrer, Rudolf Kolb, in den Ruhestand gegangen war, und sein Nachfolger, ein gewisser Herr Felix, war ein ausgesprochen konservativer Mann, sittenstreng, griesgrämig und aufgeblasen, und er blieb zum Glück nicht lange bei uns. So lange er aber da war, machte er uns das Leben schwer, und das erste, was er sagte, als der Schorsch ihm die Elfriede vorstellte, war: „Katholisch? Ach du meine Güte." Heute ist das ja alles nicht mehr so, damals aber konnte es schwierig sein, und die Elfriede musste, um überhaupt heiraten zu können, evangelisch werden, wozu sie allerdings ohne Zögern bereit war. Der Herr Pfarrer bestand jedoch darauf, ihr zuvor noch einen Unterricht im Evangelischsein zu erteilen, welcher alles in allem drei Wochen dauerte, so dass es, als der Unterricht beendet und der Übertritt vollzogen war, wirklich allerhöchste Zeit war, dass die beiden heirateten.

An dem festgesetzten Tag also betraten der Schorsch und die Elfriede, schon in ihren Hochzeitskleidern, die Wohnung des Ersten Bürgermeisters, um nach dem Gesetz getraut zu werden. Als sie wieder herauskamen, wurden sie von einer nicht unbeträchtlichen Menschenmenge erwartet, wahrscheinlich, weil jeder sehen wollte, wie sich die Elfriede in ihrem Brautkleid machte. Sie machte sich gut, soviel will ich sagen; das Kleid war weiß, schlicht zwar, aber sehr festlich, und auch der Aus-

schnitt war, soweit ich mich erinnern kann sehr
zufriedenstellend. Allerdings konnte man schon
sehen, dass es eilte mit der Hochzeit.

Sie gingen also, gefolgt von ihren Familien, ihren
Freunden und so gut wie allen anderen Dorfbewoh-
nern, von der Wohnung des Bürgermeisters hinauf
zur Kirche, vor der der neue Herr Pfarrer sie bereits erwartete. Als sie aber vor ihm standen, sah er
die Braut mit einem ernsten Blick an und fragte:
„Irre ich mich, oder ist sie in anderen Umständen?"
Er pflegte alle und jeden in der dritten Person anzu-
reden, und wir hatten uns schon beinahe daran gewöhnt, aber dass er der Elfriede vor allen Leuten so
kam, sie so ansprach, das ging uns gehörig die Nase
rauf, so etwas konnte man nicht einmal einem
Herrn Pfarrer durchgehen lassen. Es waren aber
weder der Ort noch die Zeit für eine Rauferei. Daher warf der Schorsch dem Herrn Pfarrer lediglich
einen abschätzigen Blick zu und antwortete mit
einer Gegenfrage: „Und wenn es so wäre, Herr
Pfarrer?"

„Wenn es so wäre", erwiderte der Herr Pfarrer
würdevoll, „dann könnte sie kein weißes Kleid tragen. Denn Weiß ist die Farbe der Jungfrauen."

Da schauten wir uns alle verdutzt an. Wir hatten ja schon gewusst, dass er einen Stock im Arsch hatte, aber dass er ein solcher Moralist war, hatten wir nicht gedacht, denn er fluchte gewaltig, wenn er beim Kartenspielen verlor, und starrte, wenn er betrunken war, den Mädchen unverhohlen auf die Brüste.

„Schon gut", sagte die Elfriede milde, als hätte der Herr Pfarrer ihr nicht gerade vor allen Leuten Unkeuschheit vorgeworfen. „Sie haben ja Recht. Was jetzt?"

„Sie muss etwas anderes anziehen", antwortete der Herr Pfarrer nicht unfreundlich. „Danach kann sie getraut werden."

Dem Schorsch gefiel das ganz und gar nicht, aber er konnte nichts tun in dem Moment. Nur seine Augen zuckten böse, als er zu dem Herrn Pfarrer sprach: „Dann soll er bitte warten, wir kommen gleich zu ihm zurück." Ich musste lachen und ein paar andere auch, aber der Herr Felix hatte es gar nicht gemerkt. Dann nahm der Schorsch die Elfriede bei der Hand und sie gingen nach Hause, jawohl, sie beide, denn sie lebten — O Sünde! — bereits seit einiger Zeit unter demselben Dach; der Schorsch hatte nämlich die Elfriede als Magd angestellt, so hatte er sie kennengelernt. Als sie aber nach einer halben Stunde etwa wiederkamen, ging ein Raunen durch die Menge, denn die Brautleute kamen in ihren Arbeitskleidern, das heißt in Gummistiefeln und in einem blauen Overall, und sofort breitete sich ein durchdringender Geruch nach Schweinestall aus, so dass man unwillkürlich zur Seite trat. „Ist es recht so", fragte der Schorsch den Herrn Felix, „ich hoffe, denn nix anderes haben wir gerade nicht anzuziehen."

Der Herr Felix zog die Nase kraus, nickte jedoch. Wenn er Zeit gehabt hätte, darüber nachzudenken, hätte er sich bestimmt nicht darauf eingelassen, aber er war wohl, wie wir alle, völlig überrumpelt und wusste nicht was er sonst tun sollte. Er drehte sich also um und führte das stinkende Paar in die Kirche, wo er eine erstaunlich würdevolle Feier zelebrierte. Man sah ihm jedoch seine Erleichterung an, als er sie anschließend verabschiedete. Das Brautpaar aber nahm seine Glückwünsche entgegen und verschwand dann schnellen Schrittes, um eine halbe Stunde später wieder auf dem Kirchplatz zu erscheinen — in ihren Hochzeitskleidern diesmal. Wir standen noch da herum und wussten nicht recht, was als nächstes geschehen sollte, als sie plötzlich um die Ecke kamen in ihrem hochzeitlichen Glanz. Da konnten wir nicht anders, als ihnen zuzujubeln. „Das Brautpaar lebe hoch!" rief einer, und das ganze Dorf, als hätten wir es einstudiert, antwortete: „Hoch! Hoch! Hoch!"

Dann zogen wir — also die geladenen Gäste — ins Wirtshaus, wo der Schorsch das Hochzeitsessen bestellt hatte. Gegen Abend baute sogar eine kleine Kapelle ihre Instrumente auf und spielte zum Tanz. Ich gebe zu, dass ich gerne mit der Elfriede getanzt hätte — so eine schöne Frau einmal in meinem Leben in den Armen zu halten, das hätte mir schon gefallen. Ich war sogar schon bei ihr, um sie zu fragen, aber als ich vor ihr stand, merkte ich, dass sie durchdringend nach Schweinestall roch. Und so, statt sie um einen Tanz zu bitten, dankte ich ihr einfach für die Einladung und die gelungene Feier und kehrte sogleich zu meinem Platz zurück und zu meinem Bier.

Der Knödelesser

Der Erwin Klein war ein eher schmaler Bursche sein ganzes Leben lang; aber essen konnte der, das glaubte man nicht, wenn man es nicht gesehen hatte. Es begann alles am Tag seiner Konfirmation. Bei den Kleins hat es sonst eher wenig zu essen gegeben, sie waren nämlich Gütler, mit anderen Worten: Arme Schweine. Abgesehen davon waren sie aber auch stolze Menschen, die ihre Gottesfurcht dadurch zum Ausdruck brachten, dass sie zur Konfirmation reichlich zu essen auftrugen. Das gefiel unserem damaligen Herrn Pfarrer, Rudolf Kolb, der gern und gründlich aß. Er versäumte keine Konfirmationsfeier bei den Kleins, und das will etwas heißen, denn es waren acht Kinder insgesamt. Mir fiel aber auf — denn die Kleins waren unsere Nachbarn — dass er, wenn er dort war, stets ein paar Mark auf dem Fußboden fand oder vor der Haustür. „Schau", sprach er dann etwa zum Kleins Fritz, dem gelassenen Vater dieser beachtlichen Kinderschar, „was ich vor deiner Haustür gefunden habe: Zwei Mark! Die hast bestimmt du verloren oder deine Frau. Zum Glück bin ich ein ehrlicher Bursche! Hier hast du dein Geld zurück." Ob der Kleins Fritz begriff, was da vor sich ging, das weiß ich nicht.

Wie auch immer, es war an dem Tag, als der Erwin konfirmierte, Palmsonntag also, 1946 oder 47, ganz genau weiß ich es nicht mehr. An dem Tag hatten sie die gute Stube ausgeräumt und alles in ihr Schüpfla gestellt, in ihren Drecksschuppen, der kurz vorm Zusammenbrechen war. In der guten Stube hatten sie, wie sie das immer taten, wenn gefeiert wurde, aus Brettern eine lange Tafel gezimmert. Da saßen sie, der Erwin in der Mitte, seine Paten links und rechts von ihm und ihm gegenüber der Herr Pfarrer. Die anderen konnten sich hinsetzen wo sie wollten, und weil die Wohnstube der Kleins, na ja, klein war, war es recht gemütlich darin, um es mal so zu sagen. Ein riesiger Topf Knödel wurde auf den Tisch gestellt und so was ähnliches wie eine Schüssel voller Schweinebraten. Das war ein gängiges Festtagsessen zu der Zeit. Man konnte natürlich auch Sauerbraten und Knödel haben oder Lammbraten und Knödel. Im Herbst gab es vielleicht einmal Ente mit Knödel oder, wenn man Glück hatte, Gans mit Knödel. Knödel waren jedenfalls immer und überall dabei. Sogar bei den Knödels gab es Knödel.

Na gut, als das Essen auf dem Tisch stand, musste der Herr Pfarrer das Tischgebet sprechen, und nach dem Amen zückte der Erwin ohne Umschweife seine Gabel, spießte einen Knödel auf, platzierte ihn auf seinem Teller und gab reichlich Soße darüber. Dasselbe tat der Herr Pfarrer. Dann aßen sie ihre Knödel, wobei sie mit jedem Bissen sorgfältig Soße aufnahmen. Daran war soweit nichts Ungewöhnliches.

Als sie jeder ihren Knödel aufgegessen hatten, zückten sie wiederum ihre Gabeln, spießten jeder einen weiteren Knödel auf und verfuhren damit wie beim ersten Mal. Auch daran war durchaus nichts Ungewöhnliches oder gar Bemerkenswertes, und ebenso wenig an dem dritten Knödel, den die beiden jeweils verzehrten.

Als der Herr Pfarrer mit seinem dritten Knödel fertig war, fand es sich, dass noch ein wenig Soße auf seinem Teller war. Da sprach er: „Ich habe da noch ein wenig Soße auf meinem Teller, um die es mir Leid tut; aber ein ganzer Knödel ist mir zu viel. Würde wohl jemand einen mit mir teilen?"

Aber niemand wollte. Da sah sich der Herr Pfarrer genötigt, noch einen ganzen weiteren Knödel zu essen. In der Zeit aber, die es gebraucht hatte, das zu klären hatte der Erwin bereits seinen vierten Knödel verschlungen und holte sich schon den fünften aus dem Topf.

Nach seinem vierten Knödel lehnte sich der Herr Pfarrer zurück, öffnete mit Mühe die Knöpfe seiner Weste und den obersten Knopf seiner Hose, sprach „Mein Gott, bin ich voll" und streckte begierig die Hände aus, als der Kleins Fritz ihm den Zwetschgenschnaps reichte. Unterdessen holte der Erwin sich seinen sechsten Knödel aus dem Topf. Als er mit dem letzten Bissen des siebten seine Soße säuberlich vom Teller gewischt hatte und denselben mit einer endgültigen Geste von sich schob, sprach sein Vater voller Stolz „Das ist mein Junge", und reichte ihm, wie es üblich war damals, sein erstes Bier. Der Erwin nahm das Glas entgegen, stieß mit seinem Vater an und rief — und das waren seine ersten Worte, seit er sich zu Tisch gesetzt hatte — „Prost, du Sau!", denn er hatte erlebt, dass sein Vater, wenn er mit seinen Freunden zusammensaß, ihnen so zuzutrinken pflegte.

Und so war es von da an immer. Wenn ein Fest war — aber nur dann! — stopfte der Erwin einen Knödel nach dem anderen in sich hinein, während die Leute ihn mit offenen Mündern umstanden und bestaunten, wie man ein Naturwunder betrachtet. Als er älter wurde, steigerte er seinen Verzehr sogar noch, was bestimmt daran lag, dass er ein Zimmermann wurde, und die Zimmerleute schlugen sich damals ihre Balken noch mit einem Beil zurecht. In seinen Zwanzigern pflegte der Erwin neun Knödel zu essen, ohne dabei auch nur ein Wort zu verlieren oder eine Minute lang auszusetzen. Es war mittlerweile einem jeden im Dorf bekannt, dass der Erwin einen gepflegten Knödel mit Soße dazu allen anderen Speisen vorzog. Wenn er eingeladen war, reichte man ihm seinen eigenen Knödeltopf, welcher genau zehn Knödel enthielt, aber den zehnten schaffte er nie. Wenn im Wirtshaus das Kirchweihessen war, stand eine von Jahr zu Jahr wachsende Anzahl Männer um seinen Tisch herum, die entweder gewettet hatten, dass er dieses Mal den zehnten Knödel schaffen, oder aber, dass ihm das auch dieses Mal wieder nicht gelingen würde. Er schaffte ihn nie, aber es war jedes Mal sehr aufregend, ihn zu beobachten und die Knödel mitzuzählen.

Bald drang der Ruhm seiner Taten über die Grenzen der Gemeinde hinaus und es kamen fremde Leute aus der Stadt eigens mit dem Autobus gefahren, um ihn essen zu sehen. Irgendwann kam es sogar in der Zeitung: „Der ganze Landkreis schaut heute auf dieses abgelegene Dorf und fiebert mit, wenn Erwin Klein sich anlässlich des Jubiläums des örtlichen Obst- und Gartenbauvereins zu Tisch setzt, um Knödel zu essen", hieß es da etwa.

Der Erwin interessierte sich überhaupt nicht für den Rummel, der um seine Person und seine, na ja, kulinarischen Leistungen getrieben wurde. Er aß, weil es ihm gefiel, und blieb dabei so schlank wie eine Gerte. Im Lauf der Jahre ließ das öffentliche Interesse allerdings nach. Als er etwa so vierzig Jahre alt war, war eigentlich klar, dass er niemals den zehnten Knödel schaffen würde, und da wurde es fast ein wenig langweilig, ihm beim Essen zuzuschauen. Es war, stelle ich mir vor, ungefähr so, als könnte man Schloss Neuschwanstein von seinem Küchenfenster aus sehen: Eines Tages würde einem gar nicht mehr auffallen, dass es da war. Der Erwin in seiner Eigenschaft als Knödelesser war sozusagen zu einer Selbstverständlichkeit geworden.

Viele Jahre vergingen, und der Erwin wurde alt. Er war ja ein bisschen älter als ich, und ich war schon alt, also war er sehr alt, und er schaffte keine neun Knödel mehr, sondern nur noch sieben, wie damals, an seinem Konfirmationstag, als er mit dem Knödel essen angefangen hatte. Es war also Kirchweih, und wir saßen nebeneinander im Wirtshaus, und der Erwin aß, wie er es immer tat, einen Knödel nach dem anderen, aber nach dem fünften hörte er überraschenderweise auf. Wir starrten ihn an; es wurde still an unserem Tisch und nach und nach, als es sich herumsprach, im ganzen Saal. Die Leute standen auf und kamen herüber, und alle schauten ihn an, beinahe wie früher, als er noch in der Zeitung gewesen war.

„Was ist denn, Erwin", fragte ich; „fühlst du dich nicht wohl?"

Er aber schüttelte den Kopf. „Alles bestens", sagte er, „alles bestens", griff nach seinem Bier, hob es hoch und schrie: „Prost, du Sau!" Da lachten wir alle, und die Leute kehrten zu ihren Tischen zurück und das Fest nahm seinen erwarteten Verlauf. Am anderen Morgen aber, als seine Tochter, bei der er mit im Haus lebte, nach ihm schauen kam, lag er tot in seinem Bett, der Misthund, der elendige.

Nachwort

Von all meinen fränkischen Geschichten hat sich leider keine einzige genau so zugetragen, wie ich sie erzählt habe, aber jede von ihnen hat einen wahren Kern: Ein hochkomisches oder ein tieftrauriges Ereignis, das ich selbst erlebt oder aus den Erinnerungen eines Verwandten oder Bekannten geborgt habe. Meine Geschichten spielen alle im Franken einer vergangenen Zeit, aber ich erzähle sie für die vielen Menschen von heute, die oft keine Geschichten und darum im eigentlichen Sinn, so wie ich es sehe, auch keine Heimat mehr haben. Eventuelle Namensähnlichkeiten oder gar -gleichheiten sind rein zufällig.

Das Böse

Eine deutsche Geschichte
von Michael Weber

Herr Schwarz hatte also beschlossen, ein Verbrechen aufzudecken...

Das „tausendjährige Reich" ist gefallen. Die Militärpolizei holt den Bürgermeister und die anderen Parteigrößen ab. Der Dorflehrer hütet ein Geheimnis. Und Herr Schwarz, der Pfarrer, erinnert sich nicht an die Zeit vor dem 11. März.

ISBN: 9783744831390, E-Book ISBN: 9783749442805